ブックレット〈書物をひらく〉34

江戸の通信添削
美濃加治田平井家のものがたり

神作研一

平凡社

江戸の通信添削——美濃加治田平井家のものがたり［目次］

凡　例——4

はじめに——6

一　美濃加治田平井家歴代の文芸愛好——10
初代信正・第七代吉音・第八代冬音・第九代冬秀・第十代公寿・第十一代貞誠
『俳諧恒之誠』／平井家歴代の事績／清水寺菊合『扇の伝』／歌学相伝
徒然草を学ぶ／松浦寛舟／美濃派歳旦帖／見爾追悼『別れ霜』

二　江戸のみやび——33
江戸の雅俗／和歌史の十七—十八世紀／添削という営為

三　加点詠草一覧——39
加点詠草とは何か／加点詠草一覧表／冬音、歌学びの始発／点取和歌

四　点者たち――52
七人の師
香川宣阿／香川景新／金勝慶安／高田嘉重／水田長隣／葆光堂／有賀長伯
五　上方地下の詠歌作法――65
二種の加点詠草／同じ作品を点者はそれぞれどう添削したか
おわりに――84
あとがき――87
主要参考文献――90
掲載図版一覧――93

凡例

一、諸書の引用に際しては、適宜濁点・句読点・引用符「　」を付し、漢詩漢文はわたくしに書き下した。

一、引用文の仮名遣いは原本のままとし、歴史的仮名遣いと異なっている場合は、歴史的仮名遣いを（　）にくるんで右側に傍記した。

一、勅撰集をはじめとする歌集の歌番号は『新編国歌大観』（角川書店）番号に従ったが（『万葉集』のみ旧番号）、表記は適宜わたくしに改めた。

一、添削資料の翻字に当たっては、原歌の次行に添削後の新しい和歌本文を置き、評語は原則として〈　〉にくるんだ。○は合点を、◎は長点を示す。

一、〔　〕内は筆者による補記。

一、術語や固有名詞を中心に、積極的にルビを付した。歌題の訓《よ》みはおおむね『明題部類抄《めいだいぶるいしよう》』（慶安三年〈一六五〇〉刊）に従った。

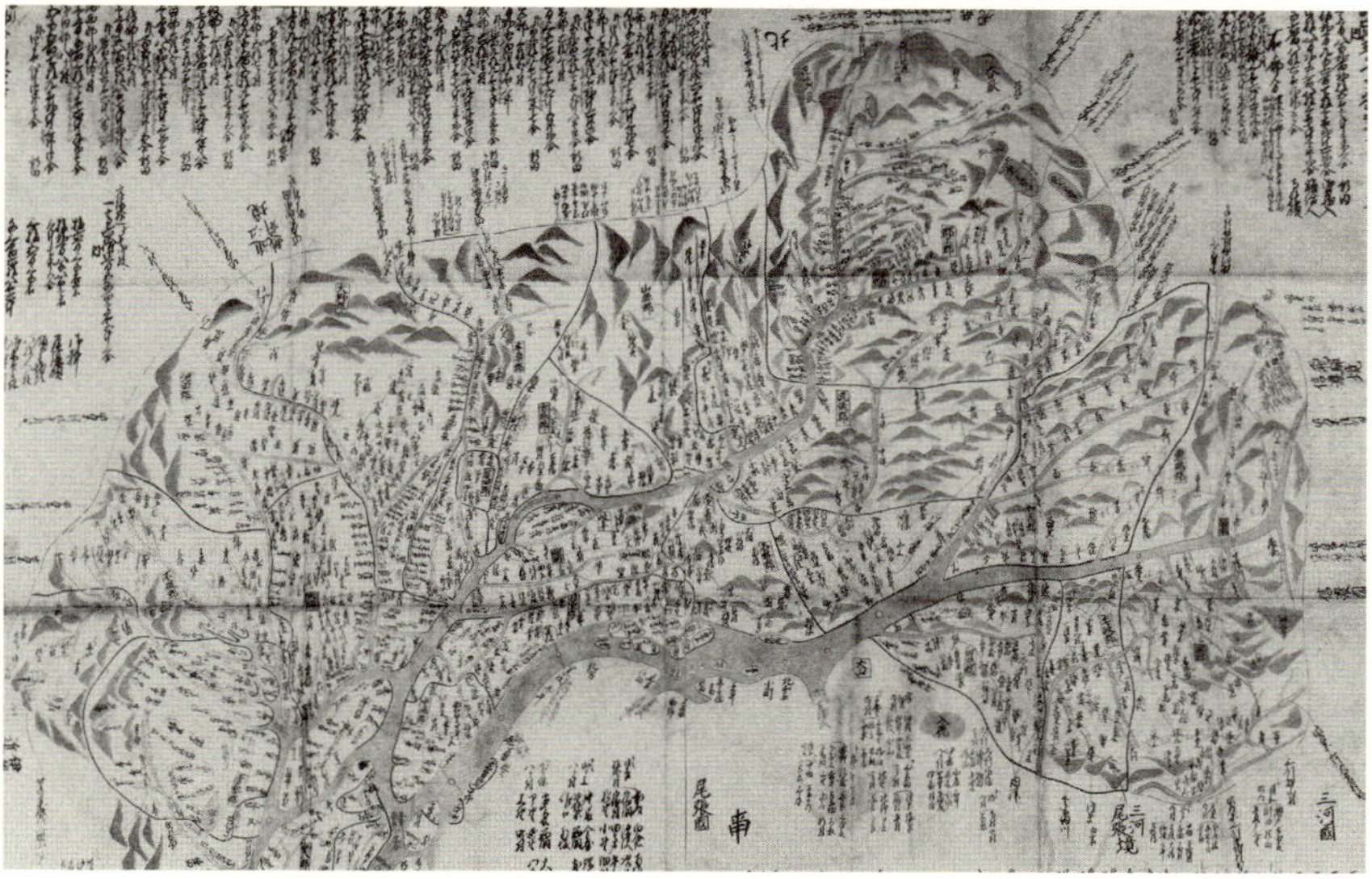

図１　上　美濃国絵図（享和２年〈1802〉写・１舗、岐阜県歴史資料館蔵）
　　　　　＊複製（岐阜県歴史資料保存協会、1990年）より転載
　　　下　加治田の位置　＊島田崇正富加町郷土資料館長作製

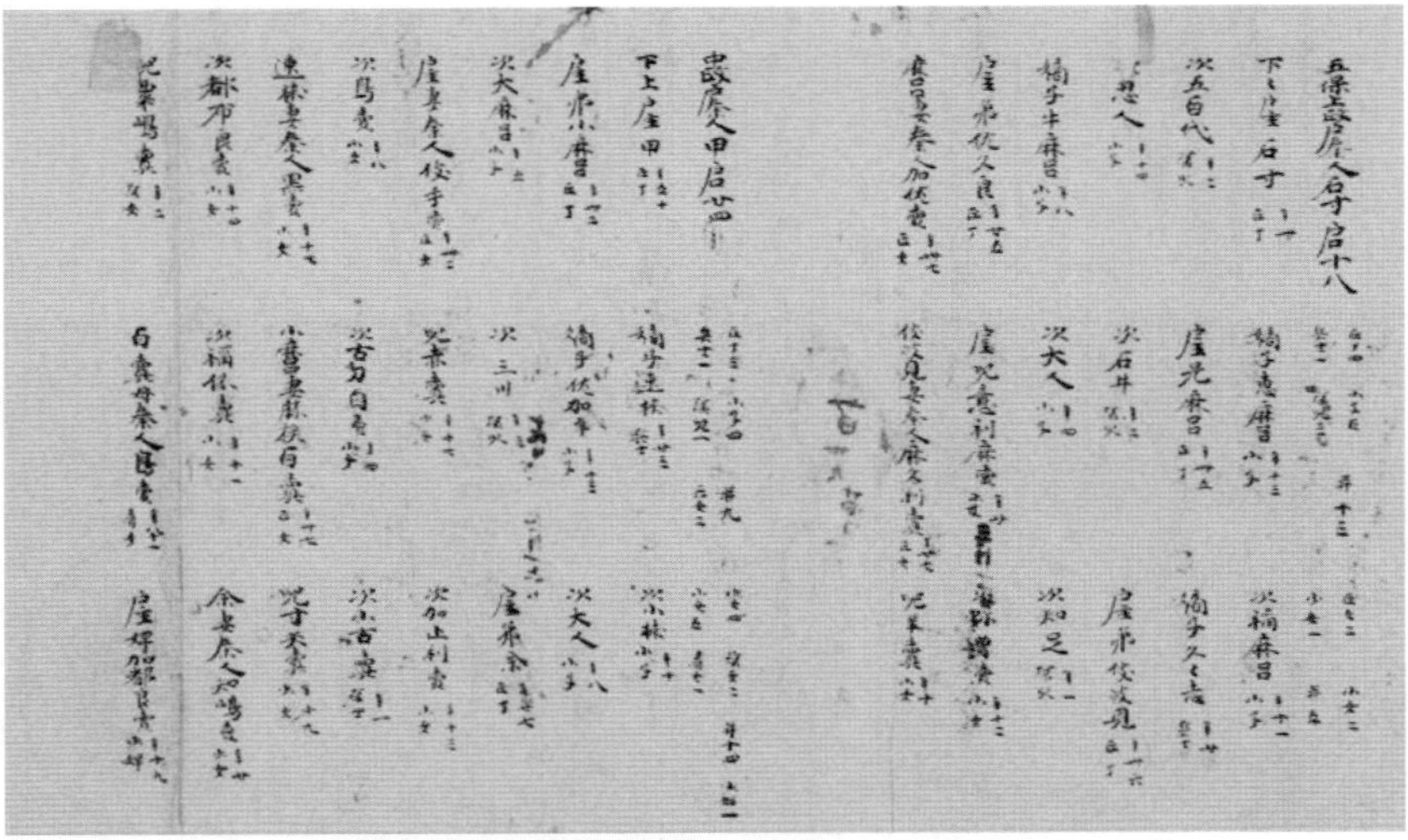

図2　大宝２年（702）御野国《みののくに》加毛郡《かもぐん》半布里《はにゅうり》戸籍（正倉院宝物）

はじめに

木曾路はすべて山の中だが、その木曾路から少々外れた飛驒街道の鼻先に富加《とみか》町《ちょう》（岐阜県加茂郡）がある（図1）。

背後に山をいただき、町の半分近くを山林が占める。人口はわずか五千人余り。実はここは、はるか古代には「夕田《ゆうだ》墳墓《ふんぼ》群《ぐん》」（国史跡）をはじめ多くの古墳が点在し、大宝二年（七〇二）に作成された日本最古の戸籍「半布里《はにゅうり》戸籍」（正倉院宝物《ほうもつ》。図2）縁《ゆか》りの地として知られているところである。

町の中心は加治田《かじた》。中山道から飛驒街道へと通じる宿場町として往時はたいそう栄えた。そこに鎮座する白華山《はっかさん》清水寺《きよみずでら》は坂《さかの》上田村麻呂《うえのたむらまろ》の開基にかかり、本尊の木造十一面観世音《かんぜおん》菩薩《ぼさつ》坐像《ざう》（国指定重要文化財。図3）の気品溢れるたたずまいは、何ともゆかしい。戦国時代に築城された加治田城は美濃斎藤氏や織田信長らの合戦の舞台ともなり、『堂洞《どうほら》軍記』（『続群書類従』二十一輯下）などの戦国軍記に描かれた。そうした悠久のときを経て、戦後の一九五四年に富田村と加治田村が合併して富加村が誕生し、さらに一九七四年の町制施行によって富加町が発足して今に至る。

本書で繙《ひもと》くのは、この美濃加治田で、酒造業や両替商を営んで地域の経済を牽引した豪商平井家（屋号は文之字屋《ぶんのじや》。旗本大嶋《はたもとおおしま》氏の地詰役人《じづめやくにん》▲）の歴代当主たちによる文芸愛好の〈ものがたり〉である。

名家平井家は、初祖信正《のぶまさ》（一四九二―一五八五）以来四百年にわたって繁栄を極め、在地資本家《ざいちしほんか》として地域に貢献しつづけた。家に伝襲《でんしゅう》した八千点もの古文書《こもんじょ》類は、一九九五年に新設された富加町郷土資料館（図4）に寄贈され、「御用状《ごようじょう》」などの経営関係記録の一部は、町の歴史家の皆さまのひとかたならぬ御尽力によって既に公刊されている。▲それら以外の文芸関係資料およそ一千点は、国文学研究資料館（以下「国文研」と略記）による五年余にわたる文献調査（担当は故上野洋三・神作研一・中川豊・加藤弓枝の

図3　清水寺木造十一面観世音菩薩坐像

地詰役人　主たる公務は、人別改め《にんべつあらため》（人口調査）や宗門改め《しゅうもんあらため》（キリシタン信者かどうかの取り調べ）などによって村の安定を図ることと、年貢の徴収であった。

「御用状」などの……　中島勝國編『加治田大嶋氏地詰役人『御用状控』（一）〜（七）』（富加町文化財調査報告書9〜15、富加町教育委員会、二〇〇〇〜二〇〇一年）ほか。

図4　富加町郷土資料館

四名）を経て、二〇〇五年に目録が編刊された（図5）。そこで初めて明らかになったのは、名家平井家は、加治田経済のエンジンであったばかりでなく地域文化の中心的役割をも果たしていた、ということである。

（京都でも江戸でもない）美濃という一地域で、（公家でも武家でもない）庶民層の人びとが、江戸期を通して詩・歌・俳などの文芸に親しみ続けていたという事実。――いったい彼らはなぜ文芸に関わったのか。そもそもどうやって学びを深めたのか。師はどんな人で、その指導の実際はどのようなものであったのか。

平井家歴代当主のなかで文学史との密なる関係が確認されるのは、第七代吉音《よしね》（一六六八―一七四三）、第八代冬音《ふゆね》（一六九四―一七三七）、第九代冬秀《ふゆひで》（一七二七―八三）の三人だが、なかでも注目すべきは、和歌を好んだ冬音が、京都の歌学者に師事して和歌の研鑽を積んでいたことである。しかもその師はひとりに留まらず、香川宣阿《せんな》・香川景新《かげちか》・金勝慶安《こんぜけいあん》・水田長隣《ちょうりん》・有賀長伯《あるがちょうはく》など五人以上に及ん

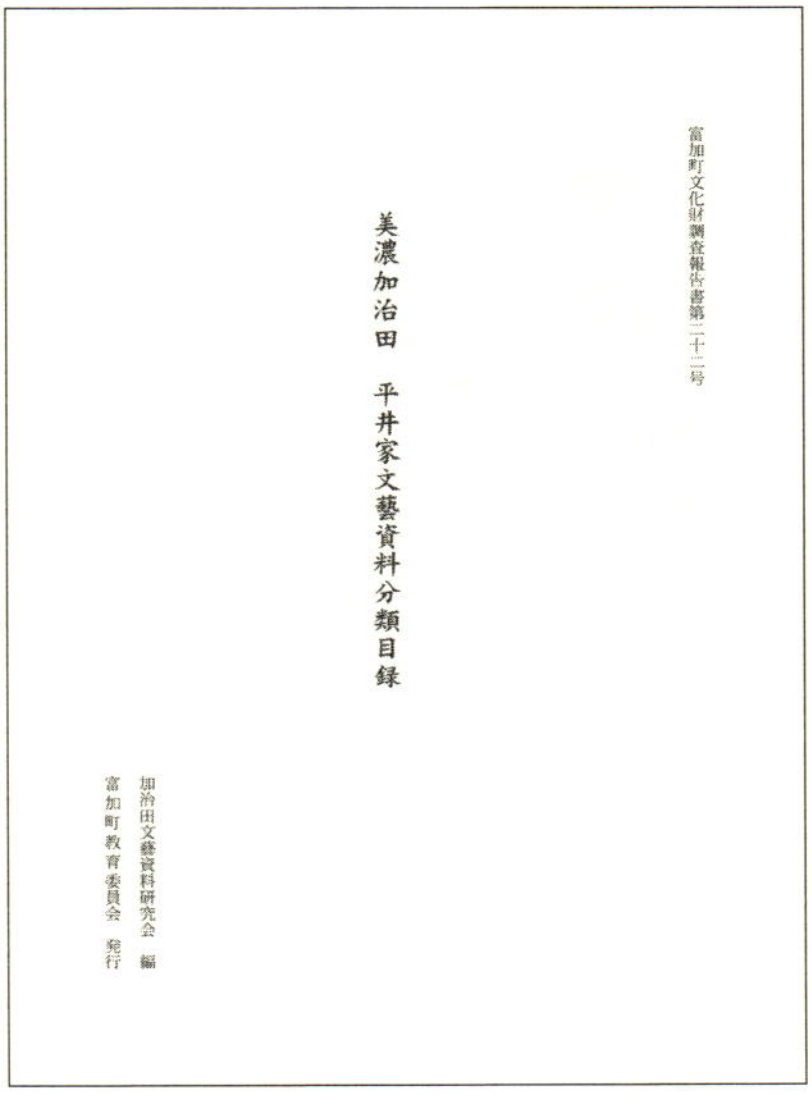
富加町文化財調査報告書第二十二号

美濃加治田　平井家文藝資料分類目録

加治田文藝資料研究会　編
富加町教育委員会　発行

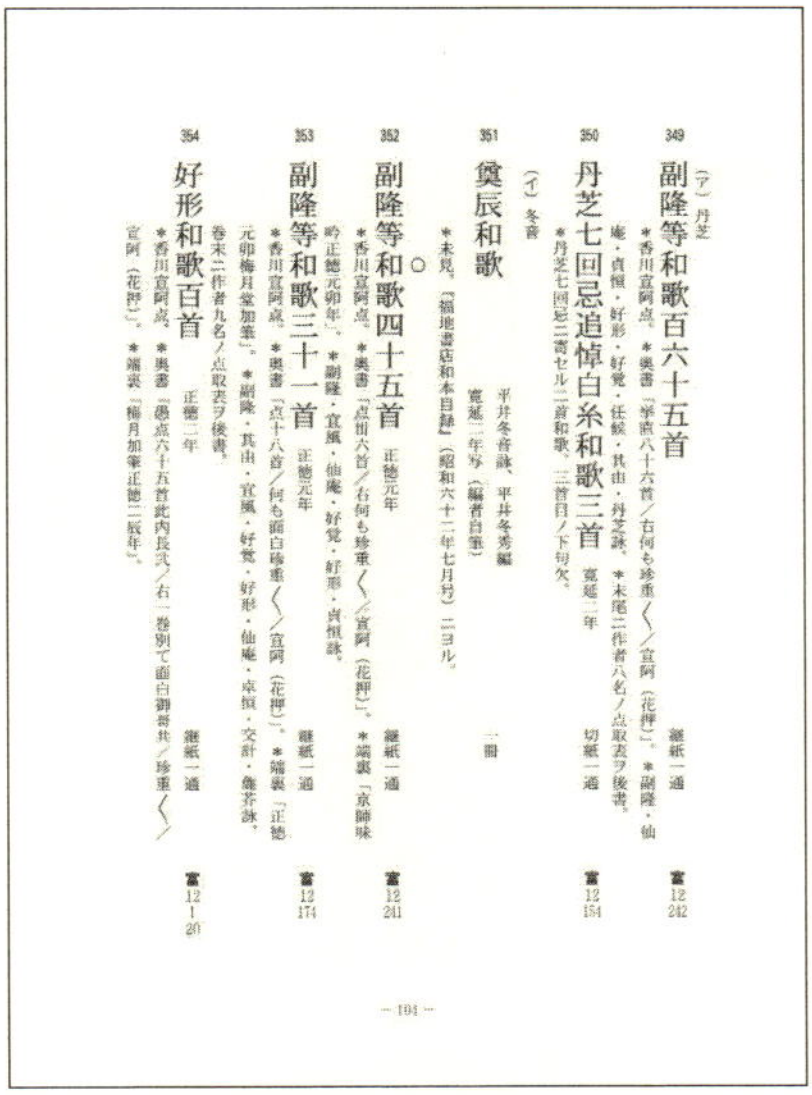
（ア）丹芝

349 副隆等和歌百六十五首　　継紙一通　富12 242
＊香川宣阿点。＊奥書『挙直八十六首／右何も珍重く＼／宣阿（花押）』。＊副隆・仙庵・貞恒・好形・好覚・任鯨・其由・丹芝詠。＊末尾二作者八名ノ点取表ヲ後書。

350 丹芝七回忌追悼白糸和歌三首　寛延二年　切紙一通　富12 154
＊丹芝七回忌ニ寄セル三首和歌。三首目ノ下句欠。

（イ）冬音

351 巽辰和歌　平井冬音詠、平井冬秀編　寛延二年写（編者自筆）　一冊
＊未見。『福地書店和本目録』（昭和六十二年七月号）ニヨル。

○

352 副隆等和歌四十五首　正徳元年　継紙一通　富12 241
＊香川宣阿点。＊奥書『点出六首／右何も珍重く＼／宣阿（花押）』。＊端裏「京師昧吟正徳元卯年」。＊副隆・宣風・仙庵・好覚・好形・貞恒詠。

353 副隆等和歌三十一首　正徳元年　継紙一通　富12 174
＊香川宣阿点。＊奥書『点十八首／何も面白珍重く＼／宣阿（花押）』。＊端裏「正徳元卯梅月堂加筆」。＊副隆・其由・宣風・好覚・好形・仙庵・卓恒・交針・龜芥詠。＊巻末二作者九名ノ点取表ヲ後書。

354 好形和歌百首　正徳二年　継紙一通　富12-20
＊香川宣阿点。＊奥書『愚点六十五首此内長弐／右一巻別て面白御座候共／珍重く＼／宣阿（花押）』。＊端裏『梅月加筆正徳二辰年』。

— 194 —

図５　『美濃加治田平井家文芸資料分類目録』（Ａ５判237頁、2005年）

だ。飛脚便を利用して京都へ送られた彼らの作品（詠草《えいそう》）は、師の添削を経て、再び加治田へと戻ってくる。加治田文芸資料のなかには、そのような、生々しい添削のあとが残された詠草（加《か》点《てん》詠草《えいそう》）が大量に含まれていたのである。

さらに衝撃的なのは、それら加点詠草のなかに、冬音らが同じ詠草を複数の先生に同時に送って添削を受けている事例が二種、見出されることだ。こんなコトがあるだろうか——。先生たちはライバル同士なのだ。しかし、彼らのこの大胆なふるまいのおかげで、先生各人の添削指導のあり方が具体的に浮かび上がってきたのはこの上ない幸運であった。

それらの実態に迫るために、さぁ今から読者の皆さんとともに、江戸時代へとタイムスリップしよう。

一▼美濃加治田平井家歴代の文芸愛好

平井家塋域《えいいき》は加治田貴船山《きふねやま》の麓に現存する。墓石は八十一基（二〇〇五年▲当時）。天正十三年（一五八五）二月二十八日没の初代信正から平成に及ぶ。近隣の龍福寺《りょうふくじ》（臨済宗。加治田城主佐藤紀伊守《きいのかみ》の菩提寺《ぼだいじ》）との縁《ゆか》りはなく、菩提寺は岐阜県関市伊勢町の大雲寺《だいうんじ》（日蓮宗）。

『俳諧恒之誠』

時は安永三年（一七七四）、俳書《はいしょ》出版書肆《しょし》として名高い京都の橘屋治兵衛《たちばなやじへえ》▲から、『俳諧恒之誠《はいかいつねのまこと》』なる俳書が刊行された。半紙本《はんしぼん》▲二冊。披《ひら》けば、その版下《はんした》▲はいかにも美濃派然《みのはぜん》▲とした筆跡で、なるほど編者の竹珂園見爾《ちつかえんけんじ》（平井家第九代冬秀）は、美濃派四世五竹坊《ごちくぼう》▲の門人なのであった。先生の序は当たり障《さわ》りのない内容だが、この加治田俳書を、ほかならぬ橘屋治兵衛から公刊するにはどうしても必要なものだったに違いない。

本書は、巻頭に「白華山之図《はっかさんのず》」（図6）ならびに文考らの題詠句《だいえいく》を収めた「清《きよ》

平井家塋域は……　中川豊による労作「解題（Ⅲ）平井家墓地・墓誌一覧表」（九頁前掲『美濃加治田平井家文芸資料分類目録』〈二〇〇五年〉所収）参照。

橘屋治兵衛　野田氏。京都寺町通り二条下《さが》ル町で、十八世紀初頭から幕末に至る百五十年にわたり全国各地の俳書を出版して、俳諧の普及に大きく貢献した。

半紙本　書型《しょけい》（古典籍の大きさ）。特に刊本の場合、書型は中身（ジャンル）と連動した。半紙本は俳書に多い。縦二十二センチ前後×横十六センチ前後。

版下　彫り師が版木《はんぎ》に文字を彫る際の、印刷用の下書き。

美濃派　芭蕉門の支考《しこう》（一六六五—一七三一）が創始した俳諧流派で、本拠は美濃。俗談平話《ぞくだんへいわ》に基づく平明な俳風により地方を中心に広がり、その伝統は現在に至る。

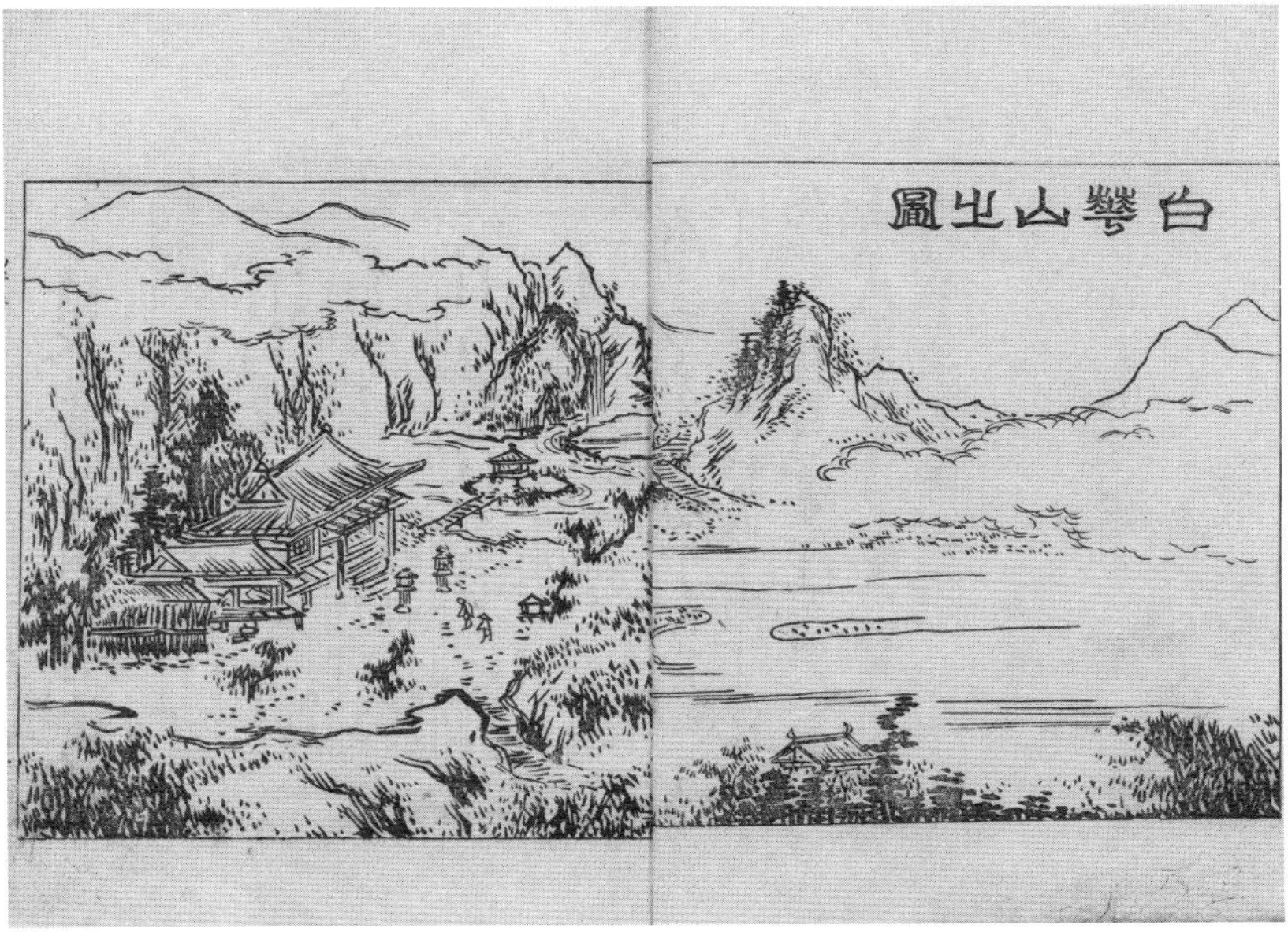

図６　『俳諧恒之誠』（安永３年〈1774〉刊・半２冊、国文研蔵）「白華山之図」

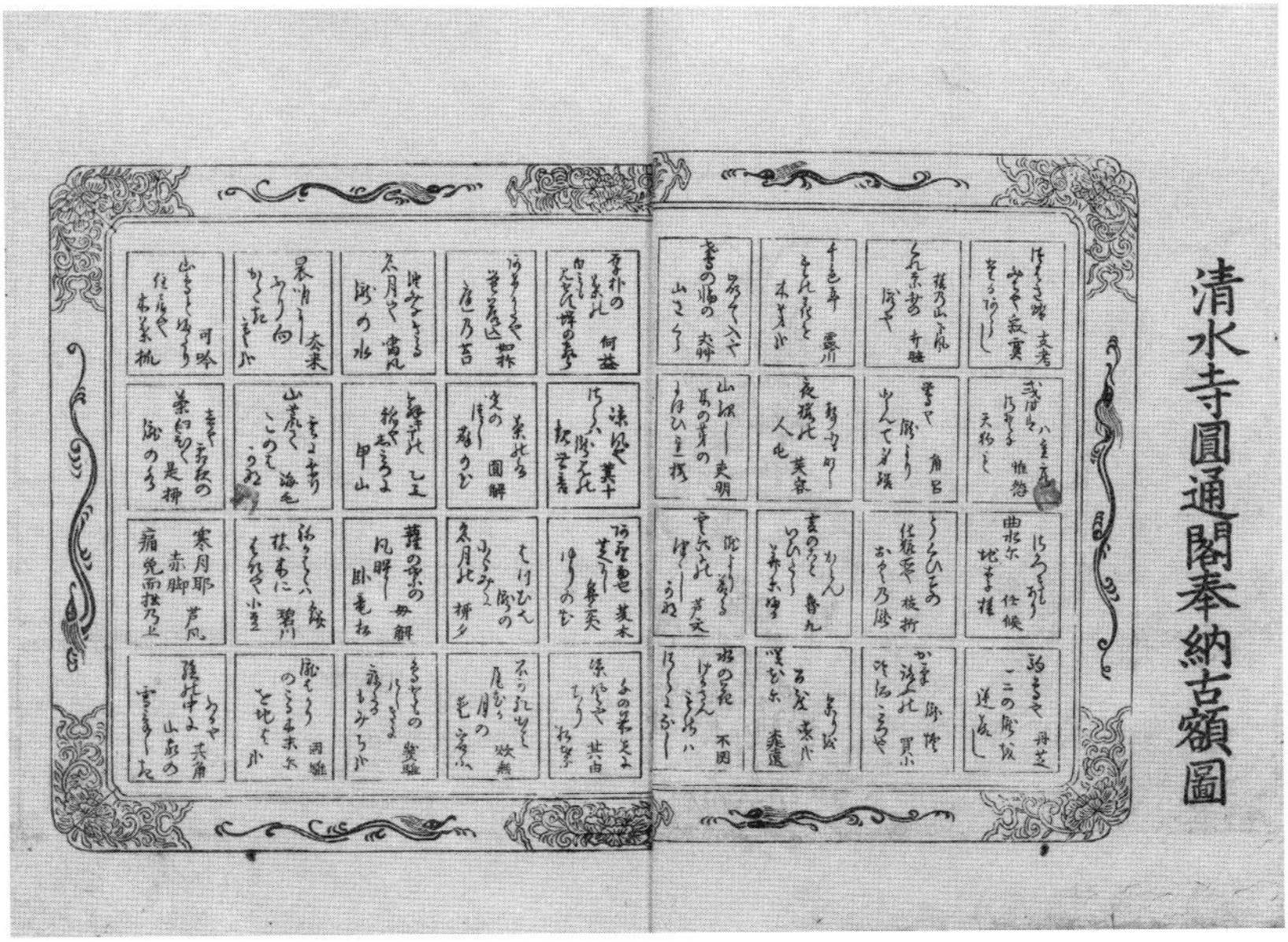

図７　同「清水寺円通閣奉納古額図」

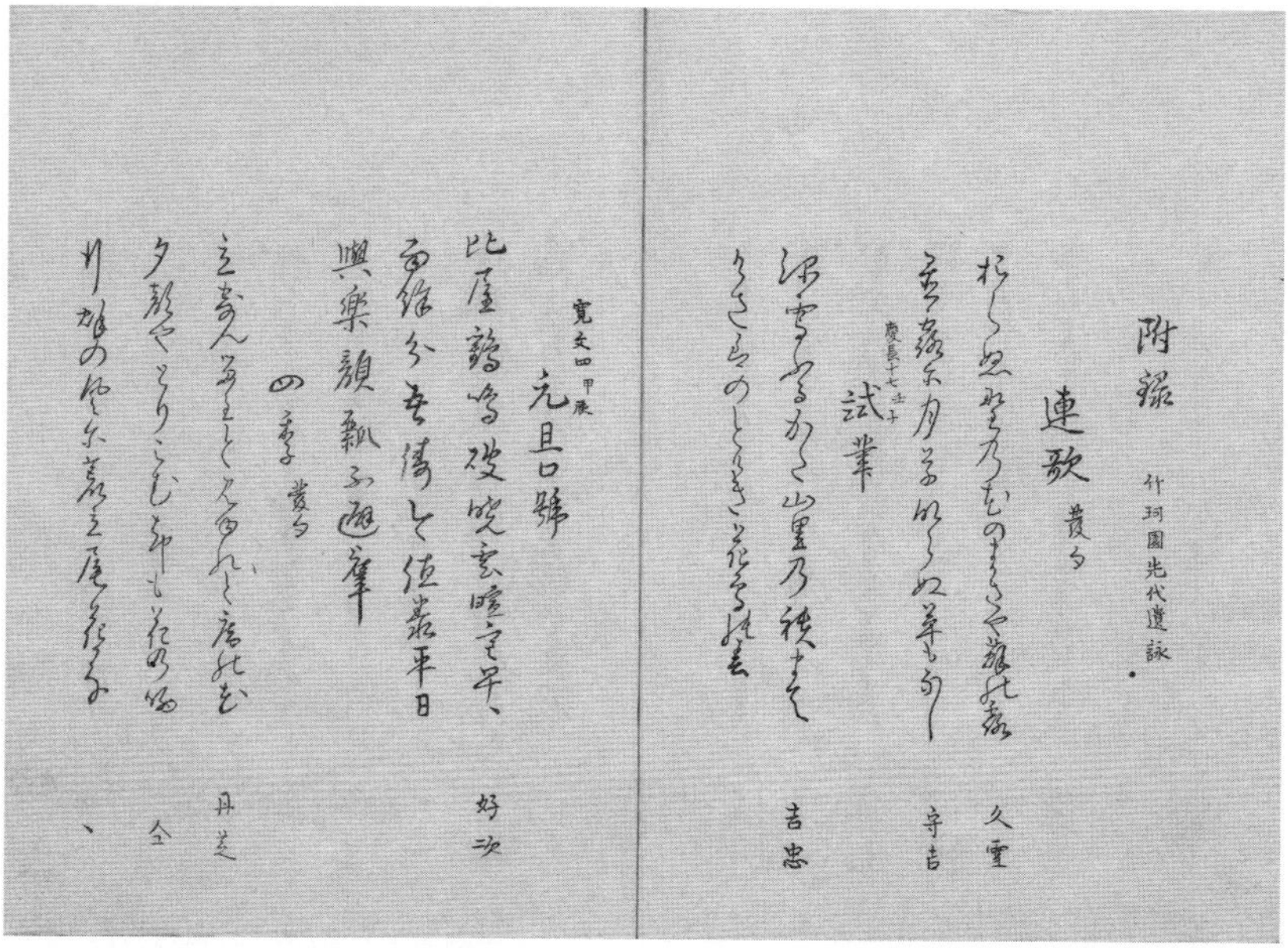

図8　同「附録　竹珂園先代遺詠」

水寺《みずでら》円通閣《えんつうかく》奉納古額《こがく》図」（図7）を置き、師の五竹坊を白華山に迎えた歌仙《かせん》行《こう》四編と短歌《たんか》行《こう》一編、それに全国諸家の発句《ほっく》六百余を収録する俳諧撰集《せんじゅう》である。刊本とは言え確認できた伝本は十本余りだから流布したとは言えないが、山隘《さんあい》の地、東濃《とうのう》加治田の一俳人の手になる書物としてはかなり立派なものである。この清水寺（臨済宗妙心寺派）というのは、寺号を白華山といい、今も加治田に粛然と端座する名刹《めいさつ》だが、当の古額は既に失われて久しいらしい。見爾の漢文跋に拠れば、古額奉納は祖父丹芝《たんし》（平井家第七代吉音《よしね》）のはからいであり、そもそも本書刊行の目的はその古額の副本を刊刻して不朽に伝えるところにあったのだという。その意味で、下冊末尾に「附録」として「竹珂園先代遺詠」（図8）をわざわざ付刻するのは、父祖顕彰という本書の性格を強く印象づける。

附録　竹珂園先代遺詠

五竹坊　江戸中期の俳諧師（一七〇〇—一八〇）。別号帰童仙《きどうせん》など。美濃北方《きたがた》の医者。美濃派四世を継いで美濃派の拡大に与《あずか》った。

比屋鶴鳴キテ……　第二句は杜甫《とほ》「南楚」詩の「南楚《なんそ》青春異《せいしゆんこと》ナリ、暄《けん》寒早々《かんさうさう》ニ分《わ》カル」を踏まえた表現で、年が明けて雨が上がると、冬の寒さは春の暖かさへと代わるの意。第四句の「顔」は孔子《こうし》の弟子顔淵《がんえん》、『論《ろん》語《ご》』雍也篇《ようやへん》の「子曰《しいは》ク、賢《けん》ナルカナ回《くわい》ヤ。一簞《いつたん》ノ食《し》、一瓢《いつぺう》ノ飲《いん》、陋巷《ろうかう》ニ在《あ》リ」を踏まえる。貧しくても清貧を楽しみつつ、隠者のように独りで暮らすのではなく皆と楽しみを分かち合うのだ、の意。

時鳥妹とあふ夜は……　第四句「ねなまし」の「まし」は反実仮想《はんじつかそう》。寝てしまえば良かったの意。「時鳥待つとばかりのみじか夜に寝なまし月の影ぞ明けゆく」（続拾遺集・夏・一五二・藤原為家《ためいえ》）、「聞かでただ寝なましものを時鳥なかなかなりや夜《よ》半《は》のひと声」（新古今集・夏・二〇三・相模《さがみ》）。

連歌　発句

お《(を)》らぬ野の花のまがきや蘚《こけ》の露　久雪《きゆうせつ》〔初代信正〕

置露《おくつゆ》に月草ならぬ草もなし　守吉《もりよし》〔二代〕

慶長十七壬子
試筆

深雪《みゆき》ふるかた山里の袂《たもと》までけさはのどけき花鳥《はなとり》の春　吉忠《よしただ》〔四代〕

寛文四甲辰
元日口号《こうがう》

比屋《ひをく》鶴鳴キテ暁雲《げううん》ヲ破リ
暄寒早々《けんかんさうさう》雨余《よ》ニ分《わ》カレタリ
吾《わ》ガ儔《ともがら》今泰平ノ日ニ値《あ》ヒ
与《とも》ニ顔瓢《ぐわんへう》ヲ楽シミ群ヲ避ケズ▲　好次《こうじ》〔五代〕

四季　発句

立寄《たちよら》ん留主《るす》と見ゆれど庵《いほ》の花　丹芝〔七代吉音〕

夕顔やとりこむ布も花の酒　同

行《ゆく》秋の風に荒立尾花《あれたつをばな》かな　同

初雪の雲か出て見ん日の狂ひ　同

与妹待郭公《いもとほととぎすをまつ》

時鳥妹《ほととぎすいも》とあふ夜はやすらはでねなまし月に初音《はつね》をぞまつ▲　冬音《ふゆね》〔八代〕

平井家歴代は早く室町末—江戸初より文芸に遊んでいたのであり、好次の七絶をはじめどれもなかなかの力作と見られよう。さらに興味深いのは、当主ごとに親しむ文芸のジャンルが異なっていることだ。すなわち初代信正（久雪）と第二代守吉は連歌、第四代吉忠は和歌、第五代好次は漢詩、第七代吉音（丹芝）は俳諧、そして第八代冬音は和歌であった。右の記事はさらに、享保五年（一七二〇）作という蘭谿《らんけい》の「白華山ニ登ル」題の漢詩一首と俳諧の発句四句、女《むすめ》佐野（丹芝女《むすめ》）の和歌一首を載せて締め括られるのだが、蘭谿の名は『平井家系』（富加町郷土資料館蔵）などの諸史料に見出すことができず、誰の雅号なのか判然としない（排列に照らせば冬音かとも推測されるが、冬音が蘭谿なる雅号を有していた証左は確認されない）。

とまれ、この「先代遺影」から窺えるのは、初代信正以来、詩歌連俳にわたって連綿と続く文之字屋平井家文芸の〈伝統〉である。往事の丹芝による古額奉納の背景には、豊かな経済力を背景として、文芸に対するこのような〈家のちから〉とでも呼ぶべきものが働いていたことに思いを致したい。

ではその文之字屋…… 中島勝國「近世の平井家について」（『平井甚兵衛公寿日記（寛政十二年）』〈富加町文化財調査報告書20、富加町教育委員会、二〇〇四年〉所収）参照。

平井家歴代の事績

紹巴　室町後期の連歌師（一五二五？—一六〇二）。周桂《しゅうけい》・昌休《しょうきゅう》門。昌休没後に里村氏を名乗った。織豊期連歌界の第一人者として多くの千句・百韻を遺す。

ではその文之字屋平井家歴代当主の文芸上の事績はどのようなものであったのか。しばし探索を試みる▲。

初代信正（一四九二—一五八五）は、通称宮内卿《くないきょう》、号久雪、法号は梅応院玖説日園。これまで『俳諧恒之誠』所掲の連歌発句一句が知られるのみだったが、去る二〇〇七年に平井家から富加町郷土資料館に追加寄贈された「〔天正四年（一五七六）八月十六日賦何木《ふすなにき》連歌五吟百《ごぎんひゃく》韻《いん》〕」（図9。写一幅。原懐紙《げんかいし》を切り継いだ改装。桐箱題「元祖宮内卿連歌」）には、「久雪」の号で脇《わき》以下三十句が確認される。天正期連歌懐紙の趣きが偲ばれるのみならず、何よりこの東濃の地で、信正が、紹巴《じょうは》▲と同時代の連歌を楽しんでいたことには驚かされる。

図9　〔天正四年八月十六日賦何木連歌五吟百韻〕（写1幅）

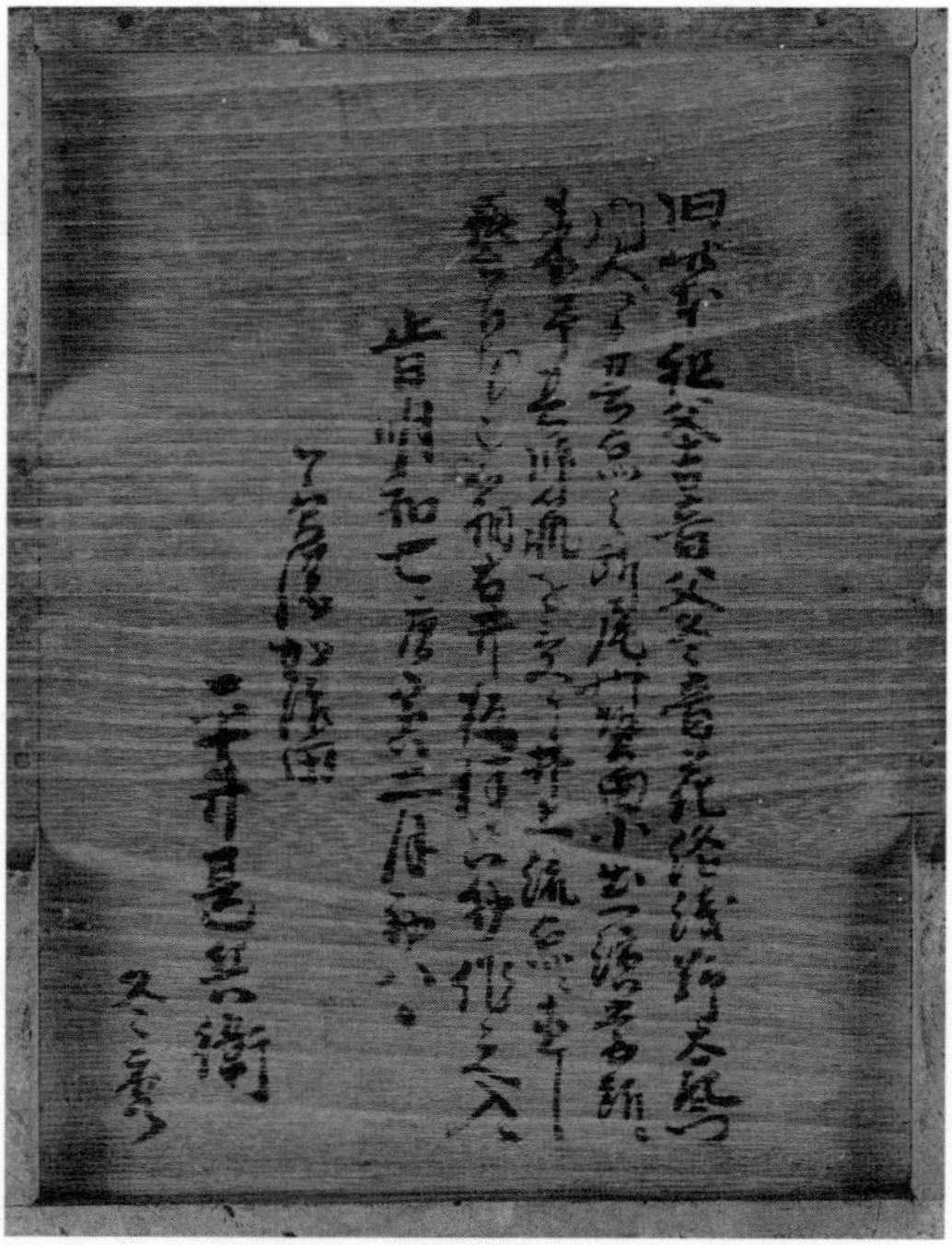

図10　〔観世流謡本〕桐箱底面

平井家文芸資料の「始発」を示す重要資料として位置づけたい。

　第二代守吉（?—一六〇一）から第四代吉忠（?—一六六四）までは今のところ文事の詳細が知られない。第五代好次（一六一五—一七〇三）は、『俳諧恒之誠』では漢詩を詠じているが、むしろ熱心だったのは俳諧で、貞室《ていしつ》編『玉海《ぎょっかい》集追加《しゅうついか》』（寛文七年〈一六六七〉跋刊）や季吟《きぎん》撰『続連珠《ぞくれんじゅ》』（延宝四年〈一六七六〉刊）などの貞《てい》門《もん》▲俳書に発句が入集《にっしゅう》している。続く第六代康次（一六三四—一七一二）の作品は未見。

　第七代吉音（一六六八—一七四三）は、俳号丹芝、通称甚左衛門、法号は精霊院丹芝日誠。丈草《じょうそう》▲門の俳人として、元禄—享保期（一六八八—一七三六）の俳書に折々に入集するなど、俳文学史に微響を遺している。墓誌に「常ニ謡曲ヲ好ミテ風雅ノ俳章ヲ善《よ》クス」（撰文は第九代冬秀）と刻まれるように、無類の謡好きでもあった。平井家に所蔵される種々の観世《かんぜ》流謡本《うたいぼん》の内、正徳六年（一七一六）刊のそれの桐箱底面（図10）には明和七年（一七七〇）二月八日の冬秀の識語《しきご》▲がある。

貞門　松永貞徳《ていとく》（一五七一—一六五三）を祖とする俳諧流派。寛永期（一六二四—四四）から半世紀にわたって盛行し、その伝統は長く天保期（一八三〇—四四）頃まで続いた。

文草　江戸前期の俳諧師（一六六二—一七〇四）。尾張犬山の人。元禄二年（一六八九）に芭蕉に入門し、『猿蓑《さるみの》』（元禄四年〈一六九一〉刊）に跋を寄せる。篤実の人として蕉門の人びとに愛された。

識語　書物に記された後人による文章のこと。「奥書」がその書物の成立事情等を書き留めたものであるのに対して、「識語」は成立事情等には関わらない文章を指す。

浅野太左衛門　浅野家は素謡《すうたい》京観世《かんぜ》五軒家《ごけんや》の一つ。

井上流　井上家も素謡京観世五軒家の一つ。この頃の当主は第三代嘉助か。

上方地下　上方（京都・大坂）の地下二条派歌人の謂い。堂上《とうしょう》に就学して和歌を学び、今度はそれをより広い層へと伝えた、多くは専門歌人たちである。三五頁上欄注も参照。

そこには、丹芝と冬音から継承した京都浅野太左衛門▲の点（節付きの記号。ゴマ点）を、加治田を来訪した尾張熱田小出一円《こいでいちえん》の指導を得て井上流▲の点に改めたことが記される。なるほど平井家に伝わる観世流謡本にたくさんの朱書が見出されるのは、そのような事情に因るものだった。

第八代冬音（一六九四—一七三七）は、通称甚兵衛。乗陽斎《じょうようさい》・融成《ゆうせい》・雪竹軒《せっちくけん》・秋扇堂《しゅうせんどう》・不遜斎《ふそんさい》などと号す。法号は乗陽院冬音日雅。墓誌に「平生《へいぜい》和歌ヲ善クス」と刻まれるように、父丹芝とは異なって和歌に専心した（図11）。

確認できる最初の事績は、十九歳の正徳二年（一七一二）十二月、『井蛙抄《せいあしょう》』の書写（『日本歌学大系』第五巻「解題」一〇頁）。『井蛙抄』は二条家の歌僧頓阿《とんあ》（一二八九—一三七二）による歌学書で、南北朝期の成立。既に江戸期には刊本で流布していたが、上方地下《かみがたじげ》▲に連なる地方の初学者としてこの書の書写は妥当なふるまいと見なされよう。折しもちょうどこの年から、彼の実作面での和歌修行が始まっていることも明記しておく。

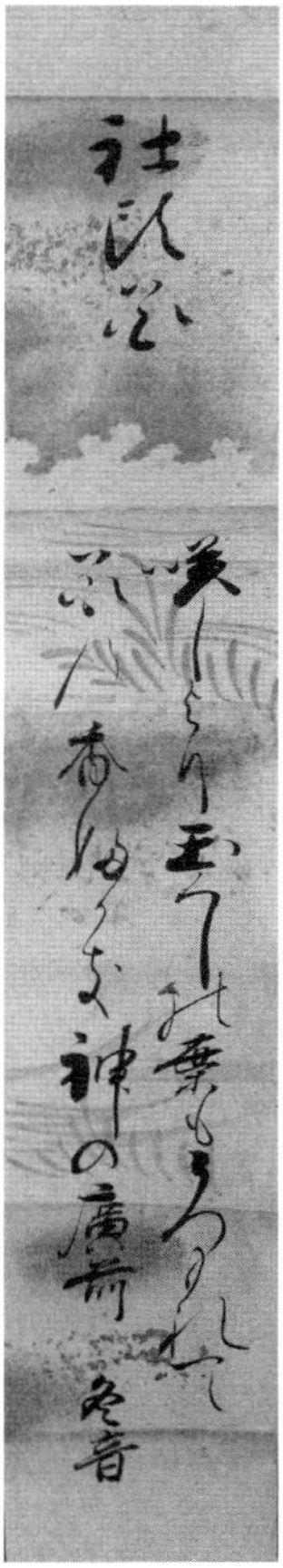

図11
平井冬音和歌短冊

清水寺菊合『扇の伝』

二十二歳の正徳五年（一七一五）九月には、詩歌俳を収めた詞華集《しかしゅう》『扇《おうぎ》の伝《でん》』▲（図12）に序を寄せた。この書は、加治田白華山清水寺における菊合《きくあわせ》に因《ちな》んだ絵入りの刊本で、この時既に冬音が加治田文芸の中心的役割を果たしていたことが分かる貴重なもの。半紙本一冊。常観《じょうかん》（平井家一族）跋。巻末の書き入れ（旧蔵者の見爾によるか）に拠れば、絵も常観という。刊記「寺町綾小路下ル町／小川久兵衛板」は入《い》れ木《き》▲と思しく、もとは配り本▲か。「菊合」というのは、菊を持ち寄ってその美しさや作柄などを品評し優劣を競うもので、文之字屋はこの時四種の菊（立孔雀《たちくじやく》・弱法師《よろぼうし》・切火桶《きりびをけ》・無銘《むめい》）を出品している。正徳という段階で、冬音ら加治田の人びとがこのような風流な催しにこと寄せて詩歌俳を詠出し、それを公刊しているという事実には瞠目させられる。彼らの文芸への〈思い〉を具現した、加治田文芸史における最重要作品として認識しておきたい。末尾に「白華山八景」（遠村片霞・地主桜花・音羽瀑布・緑池蛍火・甲山秋月・古城丹楓・賀茂寒樹・愛宕暮雪）が付載されているのも、いっそう興趣をそそられる。

歌学相伝

冬音は、当初は上方地下の雄香川宣阿《せんな》（一六四七—一七三五）に就学したが、や

『扇の伝』　富加町文化財（二〇二〇年四月一日指定）。刊本だが、現在知られるのは松井屋酒造資料館所蔵の二本のみ（うち一本は見爾旧蔵本で、巻末に人名注記の書き入れがある。二本とも富加町郷土資料館寄託）。松井屋は平井家の隣地で酒造業を営む旧家で、江戸期の当主は服部氏。平井家同様、旗本大島氏の地詰役人を務めていた。平井家との縁戚関係も認められ、平井家関係資料五十五点を伝襲する。

入れ木　版木の一部を削って、新たにそこに木を埋め込んで補刻すること。

配り本　売買せずに知友に無料で配った本。

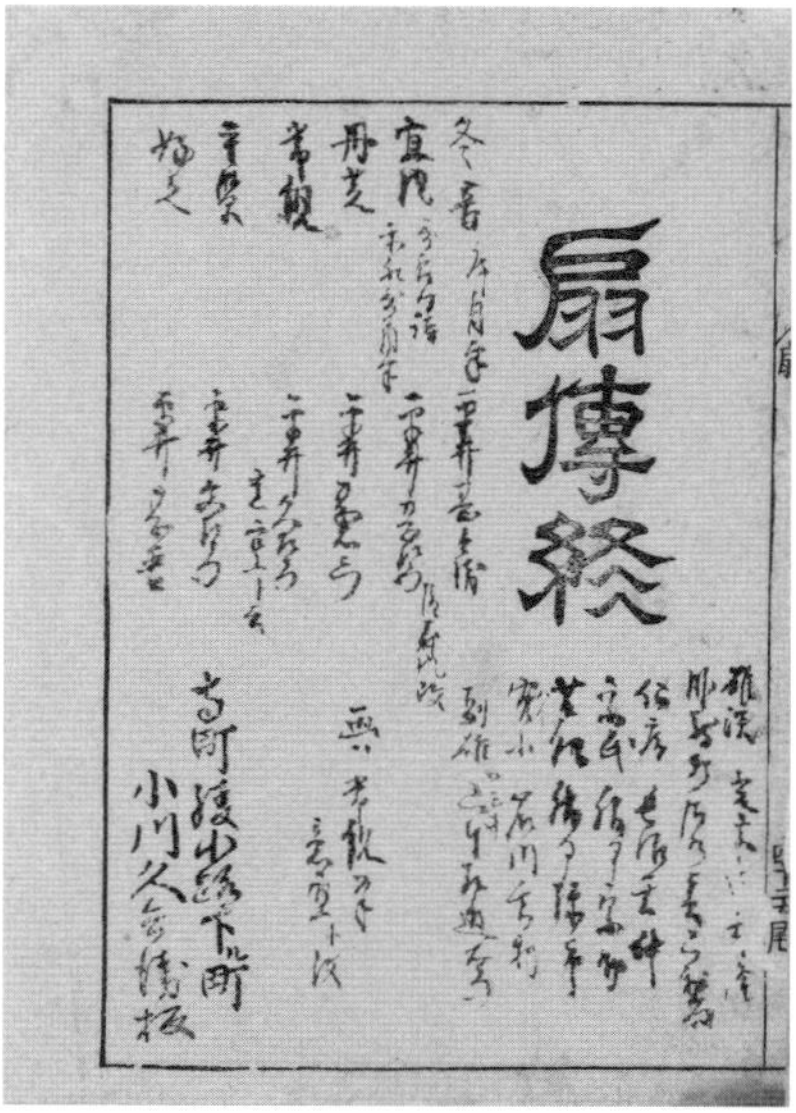

刊記

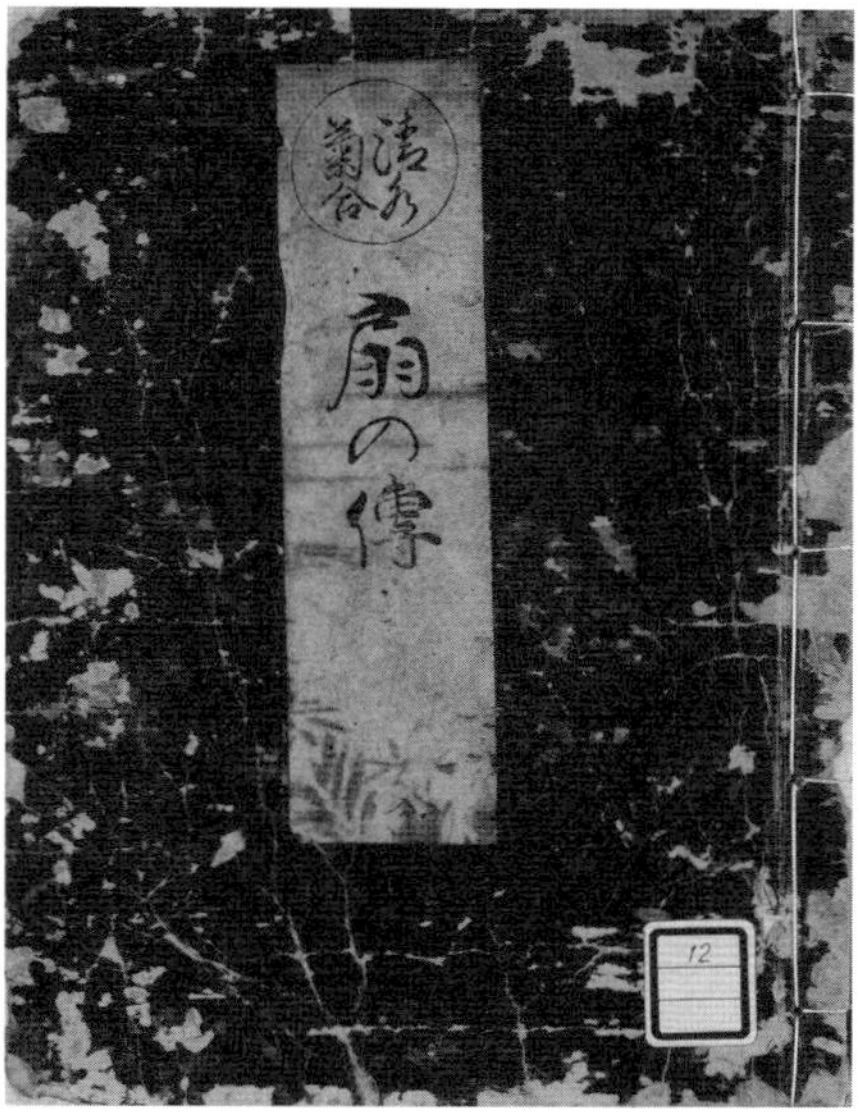

表紙

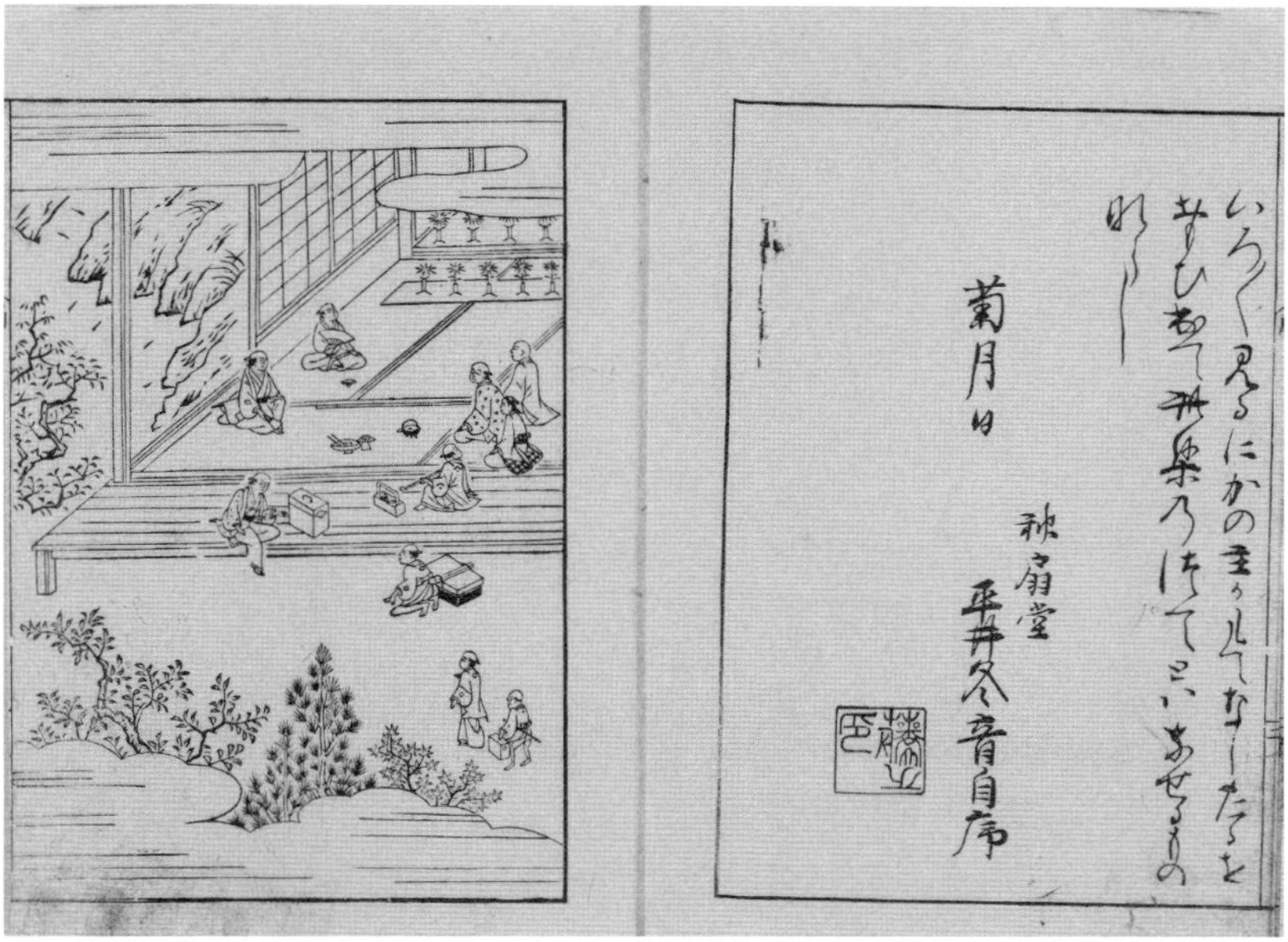

序末

図12　『扇の伝』
（正徳５年〈1715〉序刊・半１冊、松井屋酒造資料館蔵）＊富加町郷土資料館寄託

がて享保期に入る頃から徐々に水田《みずた》長隣《ちょうりん》（?―一七二三）との関係が深くなってゆき、長隣から歌学書を次々と附与された。

二〇〇七年に平井家より富加町郷土資料館に追加寄贈された「〔平井冬音・冬秀所持歌書箱〕」の上蓋裏面（図13）には、次のように歌学相伝の実態を示した書名が書き付けられている（【 】内の番号は『美濃加治田平井家文芸資料分類目録』の通し番号。＊を付した八点は現在行方が分からないもの）。

一＊懐紙短冊形　八枚　一＊相伝之目録　一巻
一　伊勢物語註【4】　一冊　一＊朱雀院髄脳　一冊
一＊物之名折句抜書　一冊　一　歌道雑志【211】　一冊
一＊徒然種秘決　一巻　一　万葉書【212】　一冊
一　万葉管見【229】　三冊　一　五儀之伝【217】　一冊
一＊新古今秘歌註　一冊　一＊詠歌大本秘決【214】　五冊
一　二条家会席懐紙伝【215】　一巻（図14）　一　八雲神詠人丸伝【216】　二巻
一　和歌手尓葉大事【213】　一巻　一＊和歌極秘切紙　八枚

また、長隣跋の『往来松《ゆききのまつ》詩歌』（享保三年成。個人蔵。図15）や長隣奉納の『奉

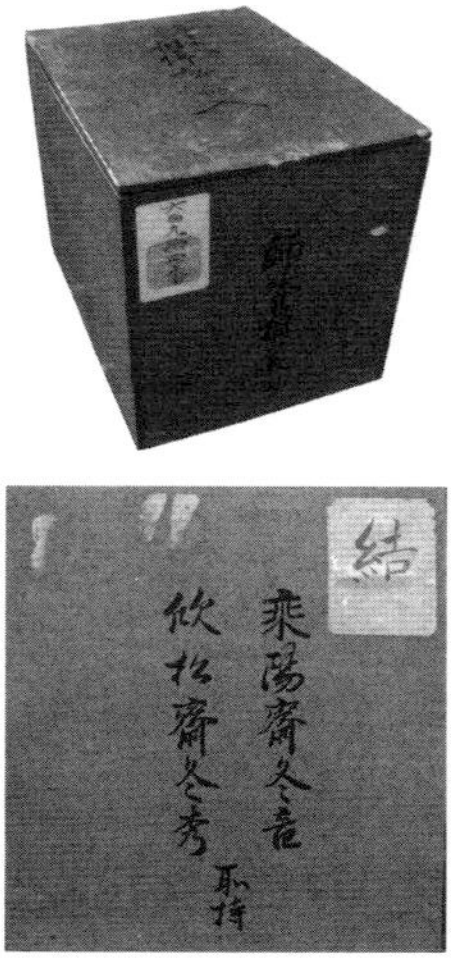

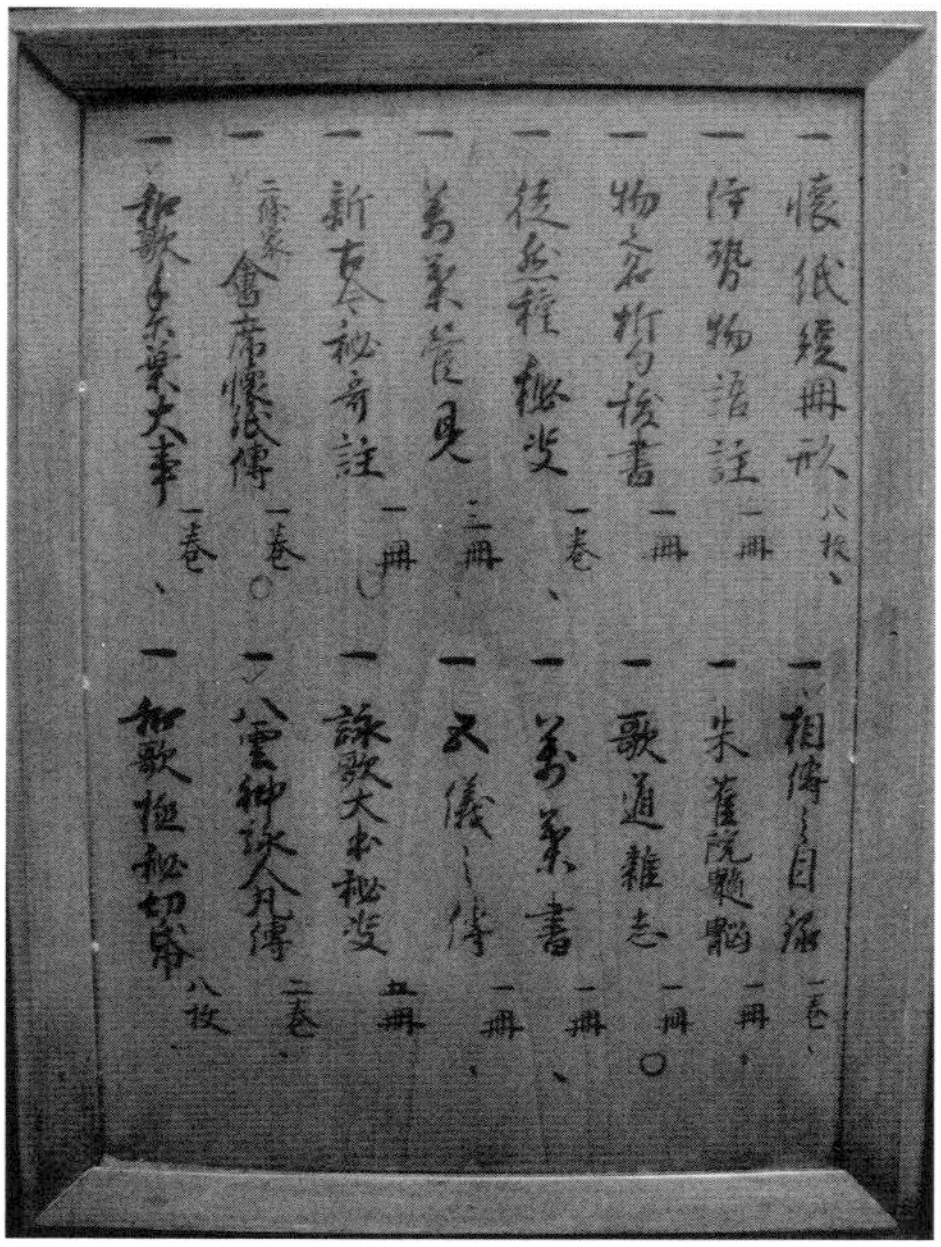

図13　〔平井冬音・冬秀所持歌書箱〕

上蓋裏面

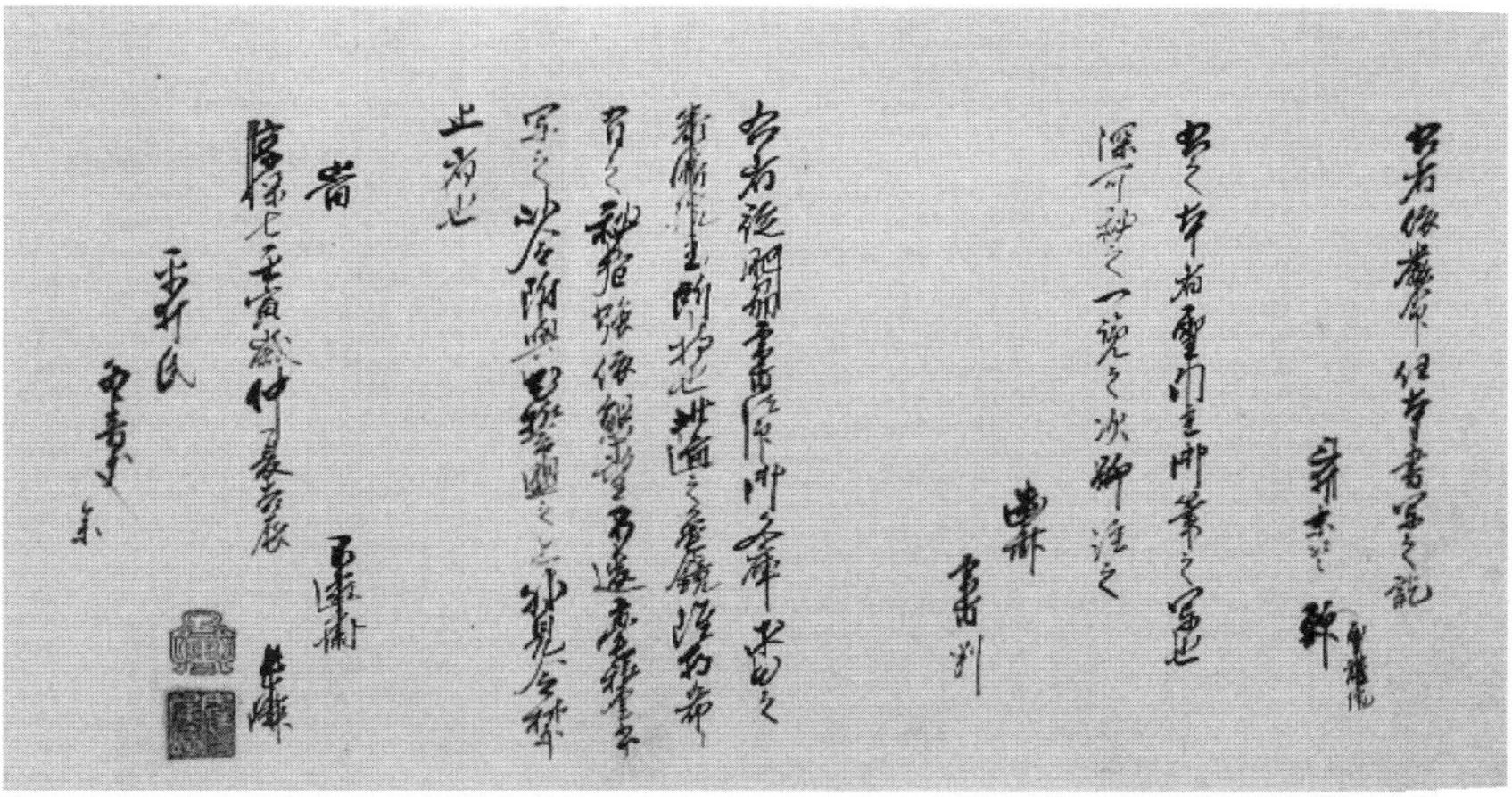

図14　『二条家和歌会作法秘伝』（享保７年〈1722〉写・１軸、個人蔵）奥書

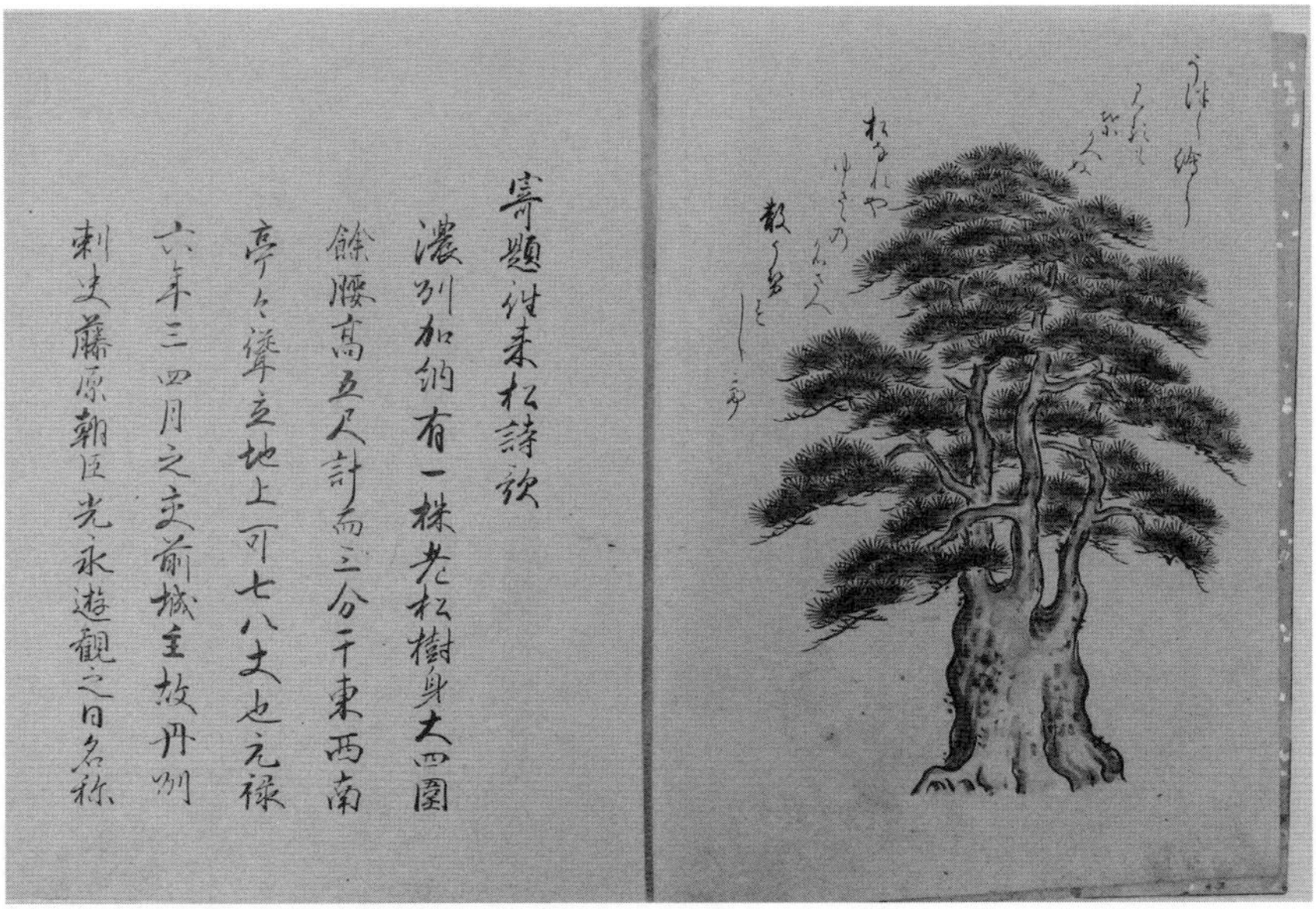
寄題往来松詩歌
濃州加納有一株老松樹身大四圍
餘腰高五尺許而三分千東西南
亭々聳立地上可七八丈也元禄
六年三四月之交前城主故丹州
刺史藤原朝臣光永遊観之日名称

図15 『往来松詩歌』(〔享保頃〕写・大1冊、個人蔵)

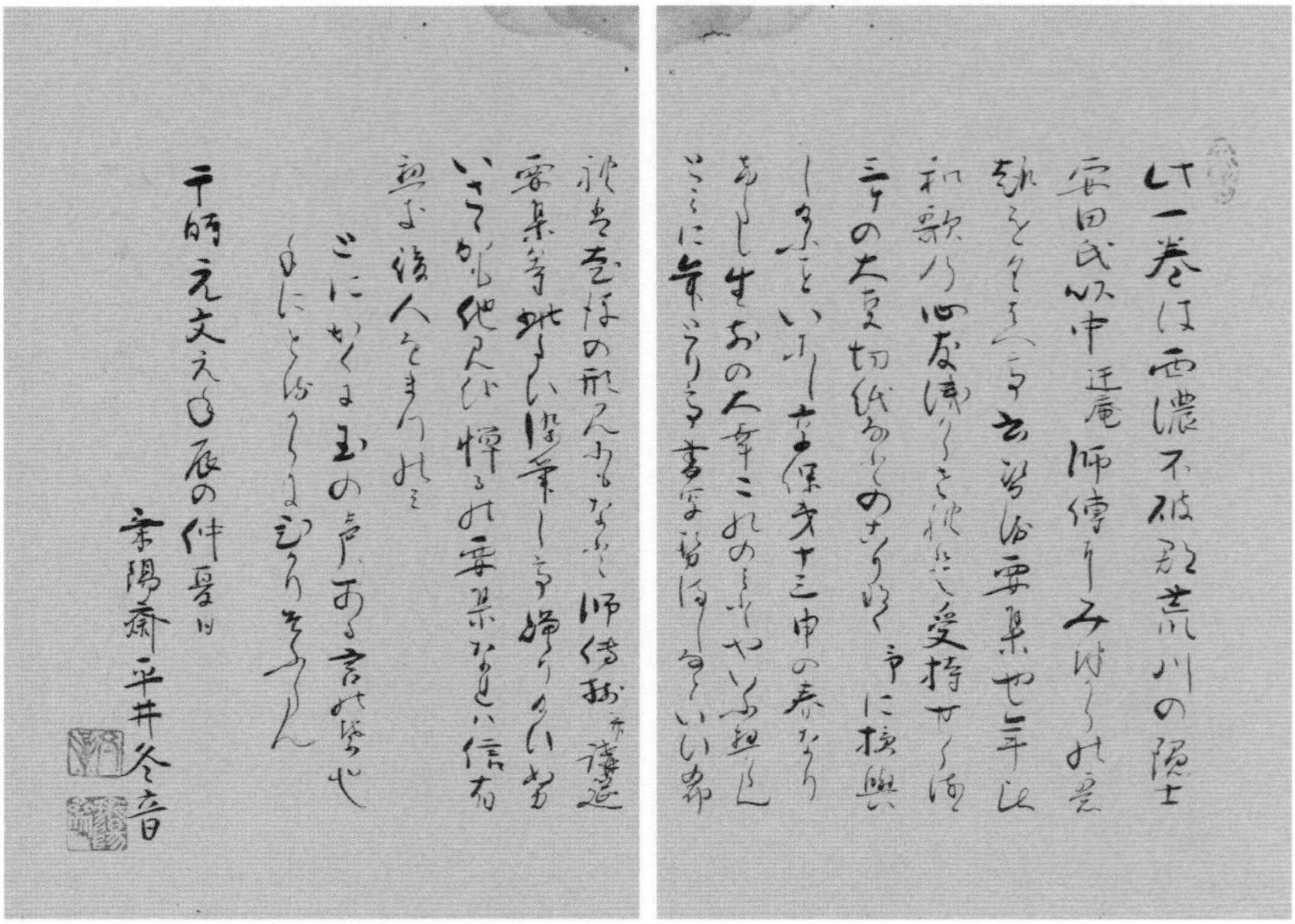

図16 『徒然種講筵要集』(〔享保頃〕写・大1冊、松井屋酒造資料館蔵)

納百首和歌』（享保八年、島根県益田市の高津柿本《たかつかきのもと》神社蔵）には和歌も入集するなど、長隣周辺での和歌活動が確認される。

徒然草を学ぶ

さらに冬音は、美濃の隠士《いんじ》にして宮川松堅《しょうけん》▲門の安田迂庵《うあん》▲から、徒然草に関わるもろもろの伝を受けた。『徒然種講筵要集《つれづれぐさこうえんようしゅう》』（写一冊。松井屋酒造資料館蔵。図16）は迂庵による徒然草講釈のいわばマニュアルブックで、迂庵自ら冬音に書き与えたもの。こうした類の書物の伝存は珍しく、徒然草受容史上特に注意される一書である。『徒然草師伝抄《しでんしょう》』（巻上ノ二・三を欠く写四冊。同所蔵）も同じく迂庵伝来の書であり、享保三年に『徒然草』を書写したことも合わせて、冬音の徒然草学修の具体相が窺える。

このように、長隣や迂庵らを介して上方地下の裾野に連なる冬音の歌事は、美濃の奥深い山間にあって相当に充実したものだったと見てよい。

なお、第九代冬秀が編集したという冬音家集《かしゅう》『尊辰《そんしん》和歌』（『福地書店和本目録』一九八七年七月号掲載）は、いま以てその行方が分からない。ひょっこり現れてくれることを鶴首したい。

第九代冬秀（一七二七—八三）は、通称甚兵衛・喜内《きない》、字《あざな》を見爾といい、竹珂

宮川松堅　松永貞徳門の地下歌人（一六三二—一七二六）。号は松亭《しょうてい》軒《けん》・道柯居士《どうかこじ》など。加藤磐斎《ばんさい》・和田以悦《いえつ》・北村季吟《きぎん》らと歌交を結んだ。『倭謌《わか》五十人一首』（享保八年〈一七二三〉刊）編。門人に今井似閑《じかん》・松浦祐慶《まつらゆうけい》（二四頁に出る寛舟《かんしゅう》はその息）らがいる。

安田迂庵　美濃不破《ふわ》荒川（現大垣市荒川か）の武家（一六七〇—一七五七以降）。号は以中《いちゅう》・春雷堂《しゅんらいどう》・此君《しくん》など。晩年に致仕して上京、宮川松堅に師事して徒然草や歌道を修めた。

平井義風　平井家別家（東遷《とうせん》第八代）。宜風とも。通称甚左衛門《じんざえもん》。一六九六—一七五三。京都の古義堂《こぎどう》伊藤東涯《とうがい》に師事して漢詩漢学を修めるとともに、和歌と俳諧もよくした。ちなみに、義風の父輔村は第九代冬秀の弟。加藤弓枝「解題（Ⅳ）平井家系図」（九頁前掲『美濃加治田平井家文芸資料分類目録』〈二〇〇五年〉所収）参照。

詩箋　詩箋は漢詩を書くための用箋。舶来多色摺りのそれは早く延宝期（一六七三—八一）頃から黄檗僧《おうばくそう》や林家《りんけ》の儒者、西国大名らによって使用され、錦絵誕生の「前史」として近年特に注目されている。中野三敏著『十八世紀の江戸文芸—雅と俗の成熟—』（岩波書店、一九九九年）所収「都市文化の成熟—明風の受容」（初出一九九五年）、町田市立国際版画美術館展示図録二種『江戸の華　浮世絵展　錦絵版画の成立過程』（一九九九年）、『黄檗美術と江戸の版画』（二〇〇四年）など参照。

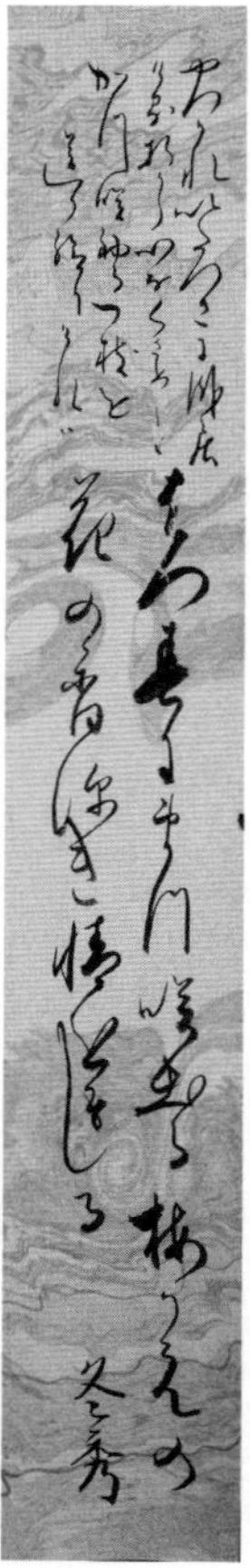

図17
平井冬秀和歌短冊

図18
松浦寛舟和歌短冊

園・欣松斎《きんしょうさい》と号した。父は平井義風《ぎふう》▲。のち冬音の養嗣子《ようしし》となった。五竹坊の門人として『俳諧恒之誠』を編むなど俳名を轟かせる一方で、松浦寛舟《まつらかんしゅう》・水田長栄《ちょうえい》・有栖川宮職仁親王《ありすがわのみやよりひと》に就いて和歌をも熱心に学んだ歌俳兼学の人で、謡への傾斜も甚しかった（図17）。

まずは和歌に関する事績を辿ろう。

松浦寛舟

冬秀は、はじめ京都の松浦寛舟（宮川松堅三世、号遙遊斎《ようゆうさい》。生没年未詳）なる歌人に就いた（図18）。入門に至った経緯は分からないが、宝暦六年（一七五六）三十歳の時に「五儀之秘伝」を受けている（図19）。寛舟加点の冬秀詠草（十五点。富加町郷土資料館と早稲田大学図書館に分蔵）を繙けば、冬秀の和歌精進の実態を跡づけることが可能だ。因みに、平井家には寛舟の歌稿断片がかなりまとまって伝えられており（八十九点）、それらの中に多色摺《たしょくず》りの詩箋《しせん》▲が十四点見出される。このうち中国から

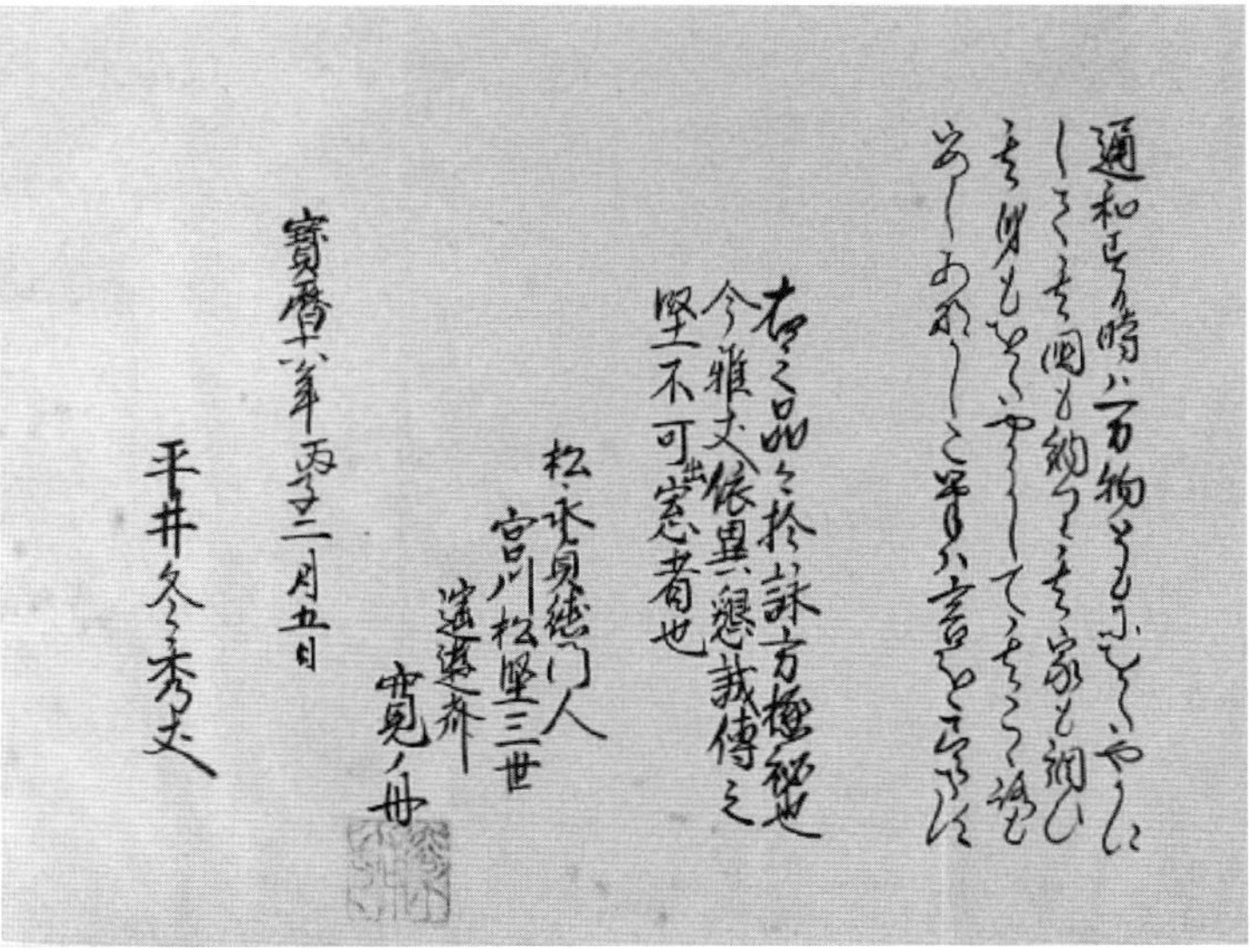

図19　『五儀之秘伝』（宝暦６年〈1756〉写・横１冊、個人蔵）奥書

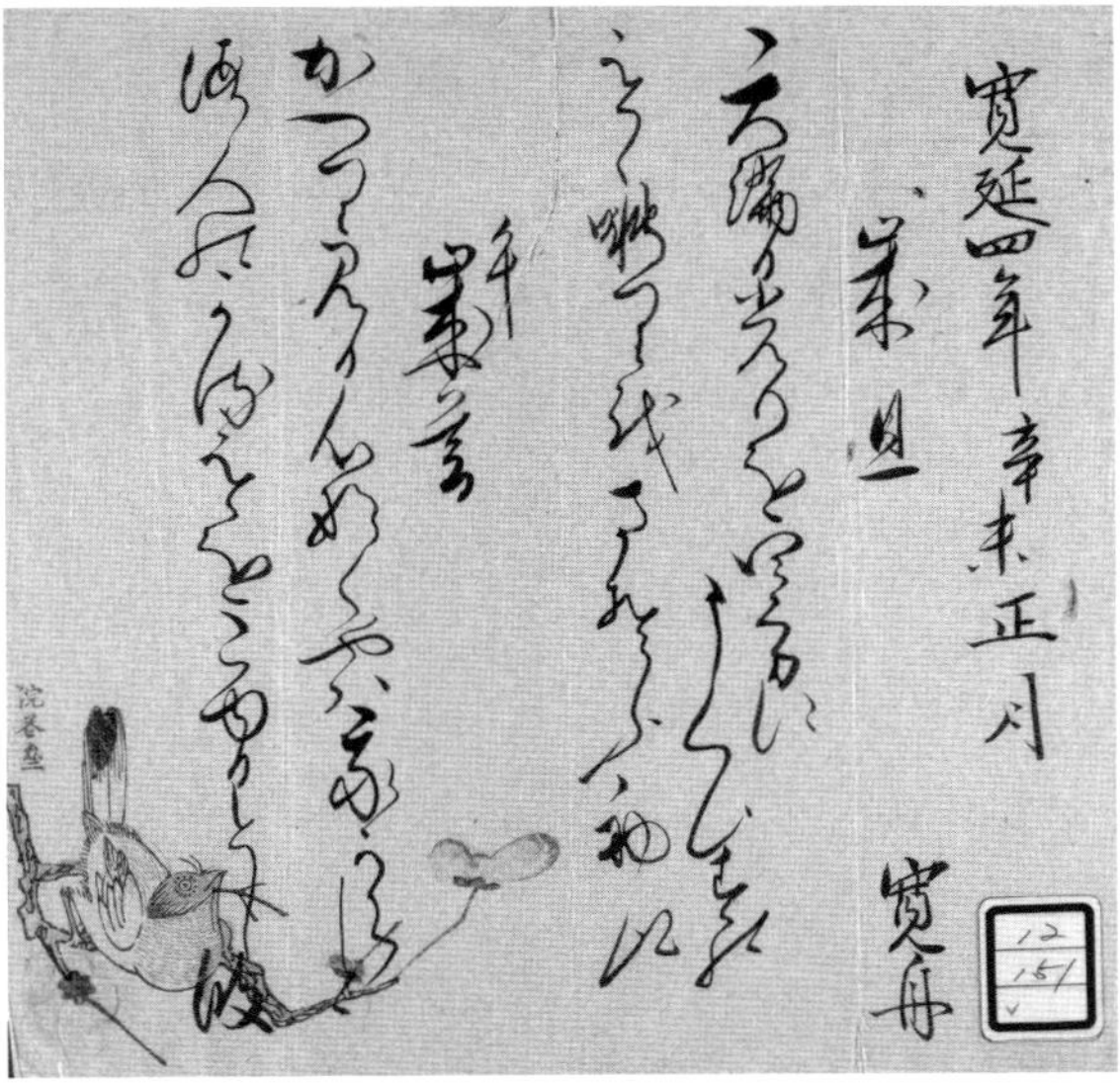

図20　多色摺り詩箋

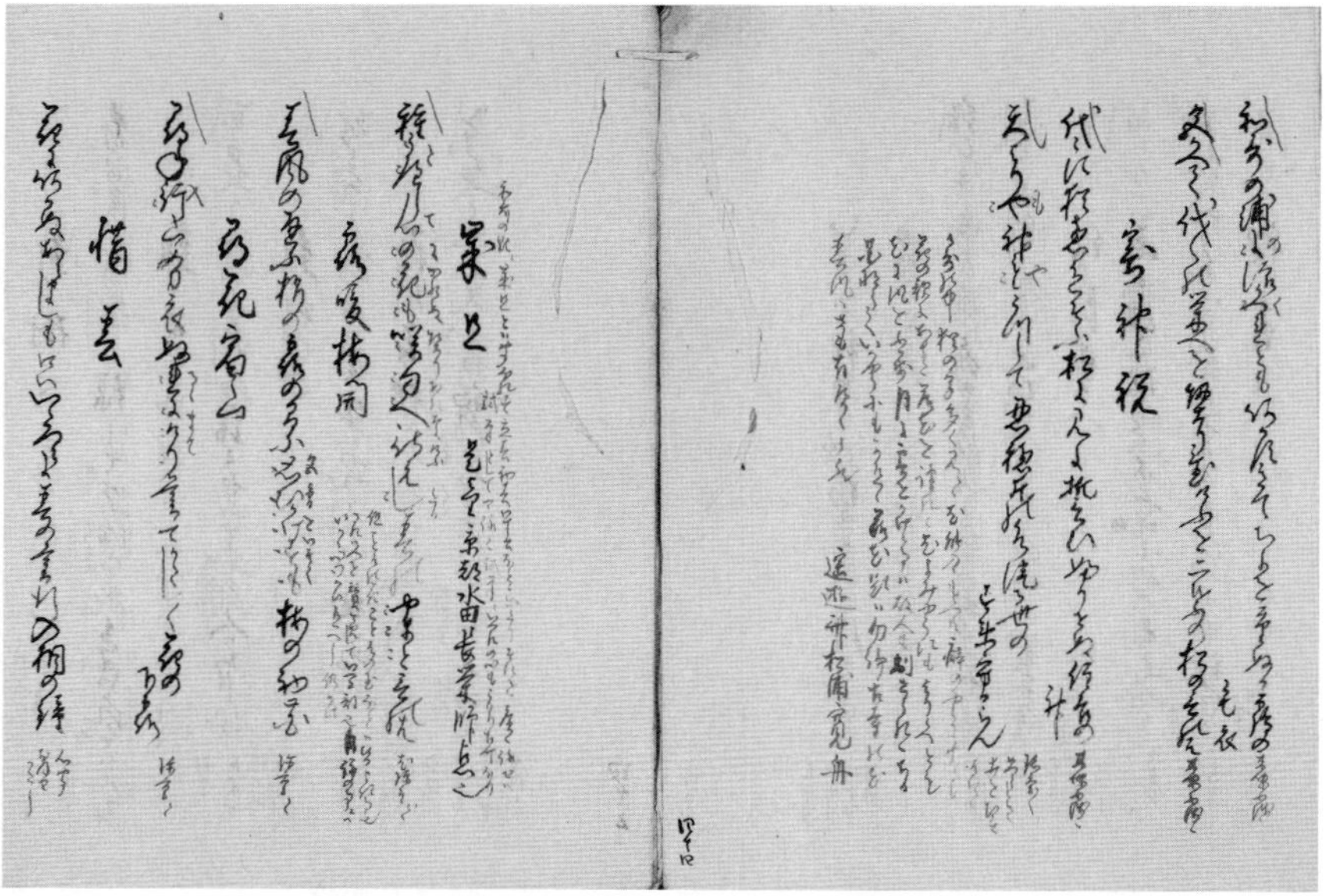

図21　〔平井冬秀家集〕（〔江戸中期〕写・大仮1冊）44丁ウラと45丁オモテ

の舶載モノは御覧の一点のみ（図20。刻工は「浣花斎《かんかさい》」）。上品なたたずまいが好もしい。詩箋のことなどまことにささやかなことがらだが、こうしたものが平井家の許に届いていたということ自体が、彼らの文化度の高さを象徴していよう。

冬秀には家集が伝存する（『〔平井冬秀家集〕』。図21。大《おお》本仮綴《ほんかりとじ》一冊）。この書は、外題《げだい》・内題、奥書・識語を一切持たないが、所収される和歌と筆跡に徴して冬秀自筆の家集と判断できる。合点《がってん》や見せ消《みけ》ち、評語を朱書で転記しており、定稿の前段階を示したものと思しい。その書中、第四十五丁表には「是より京都水田長栄師点也」、第六十六丁の首には「有栖川一品宮中務卿職仁親王御《お》点《てん》」とそれぞれ見出される。水田長栄（生没年未詳）は、先代冬音の師であった水田長隣の息。職仁親王（一七一三―六九）は有栖川宮五代、霊元《れいげん》天皇の第十七皇子で、桃園《ももぞの》・後桜町《ごさくらまち》両天皇の歌道師範を務めるなど当代きっての歌人である。冬秀がどのようにして職仁親王へのつてを得たかは分からないが、ともあれ、地方の地下歌人としては格別の栄誉であった。残念ながら、長栄と職仁親王による添削の一次資料は伝わらないが、家集にその様子を訪ねることは可能であり、長栄の添削は寛舟のそれに比べれば粗、さらに職仁親王の添削はいっそう簡たるものであった。

美濃派歳旦帖

ついで俳諧について。見爾の俳事を見渡す上で重要なのが、美濃派歳旦帖《さいたんじょう》（図22）の集積である。毎春、彼のもとに全国各地の俳友たちから送られてきたそれは都合二百四十点（公益財団法人柿衞《かきもり》文庫と早稲田大学図書館に分蔵）。宝暦五年（一七五五）から天明七年（一七八七）に及ぶ。緑や丹（オレンジ）の綴じ糸は原態を留めており、稀に墨印や二色摺りの絵を持つものもあって楽しい。どれも三〜五丁ほどの薄冊だが、大半は京都で調製された（俳諧書肆橘屋治兵衛の刊刻）。小さめの丸っこい字が共通した特徴であり、それは美濃派書風の典型を示している。摺刷された歳暮歳旦吟は至って素朴平明ながら、歳旦帖を贈り合うことは彼らの新年の大切な挨拶であった。だから歳旦帖は、文化史的に見れば年賀状の淵源《はしり》とも見られるのだが、それゆえに新春を過ぎると用済みになるのは年賀状と同じであり、これほど多量のものが原態を保ちつつまとまって伝えられたケースは他に

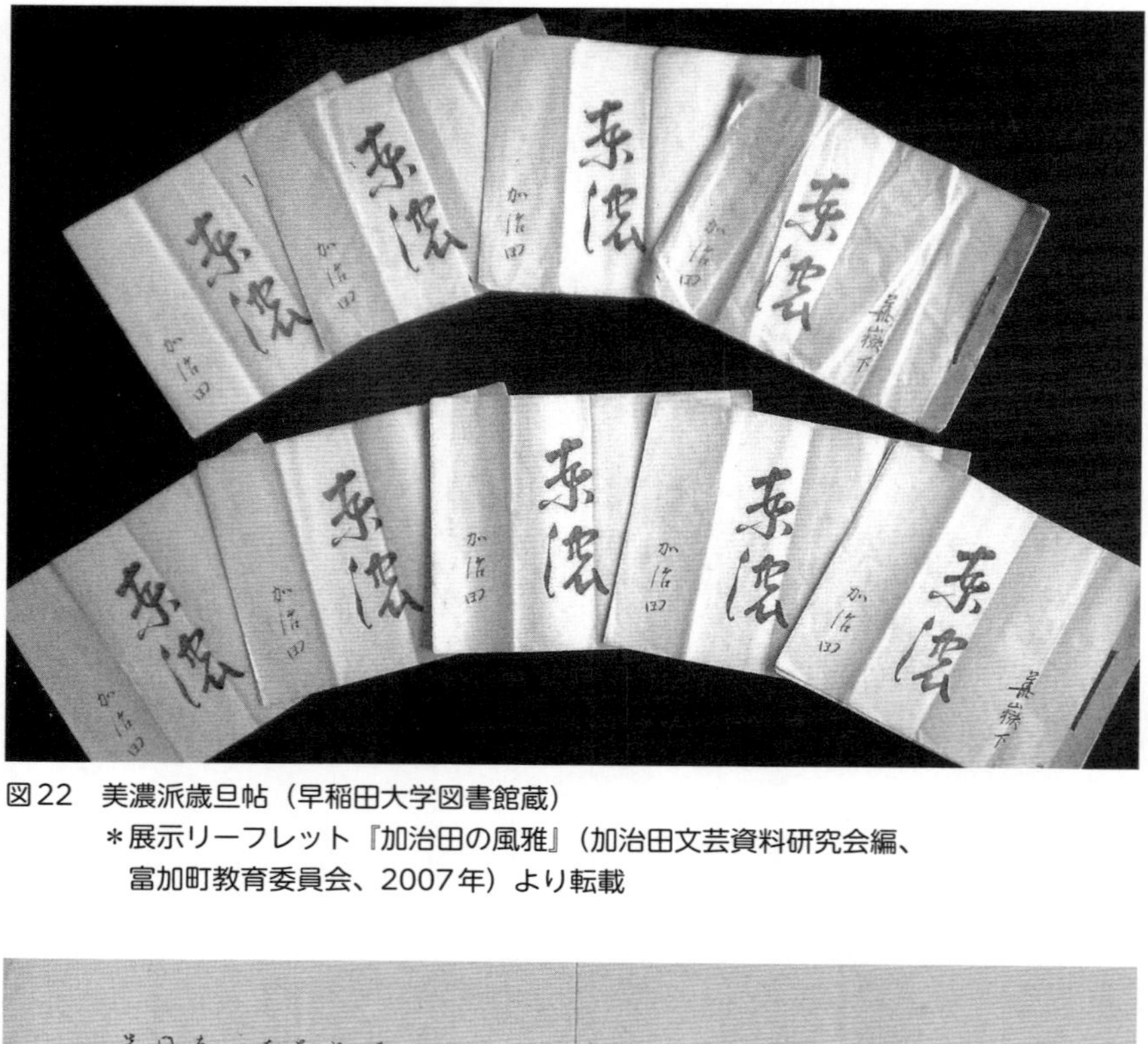

図22　美濃派歳旦帖（早稲田大学図書館蔵）
＊展示リーフレット『加治田の風雅』（加治田文芸資料研究会編、富加町教育委員会、2007年）より転載

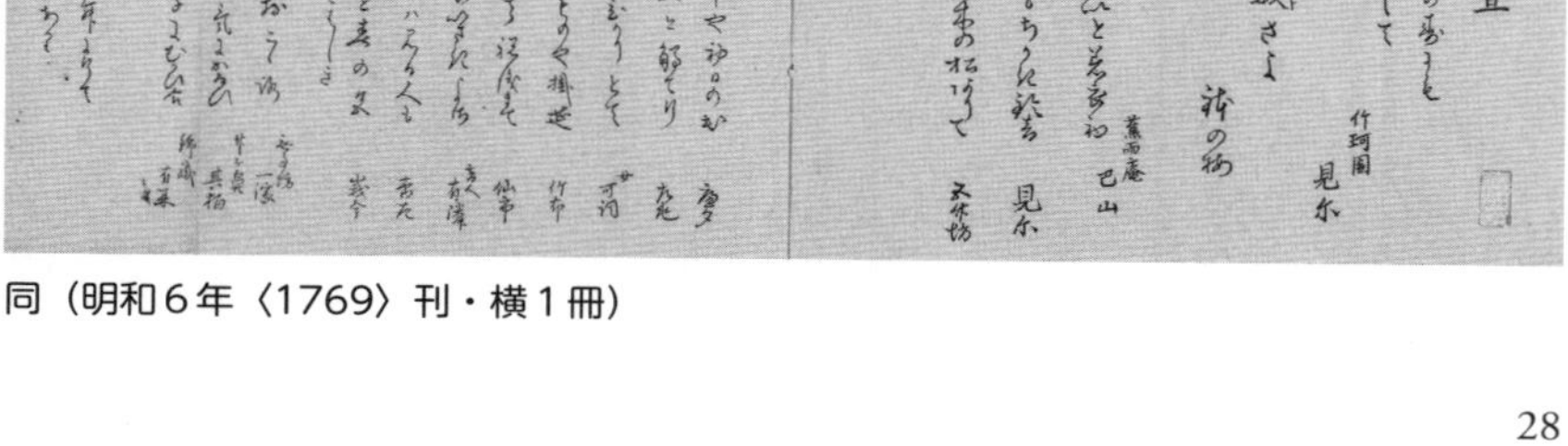

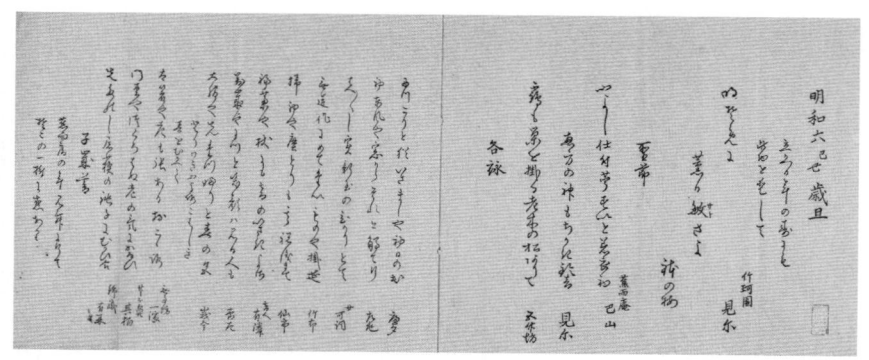

同（明和６年〈1769〉刊・横１冊）

類例がない。美濃派歳旦帖の流儀を窺う上で絶好の資料群なのである。

見爾追悼『別れ霜』

なお見爾死没に際しては、第十代公寿（古桐窟士琴《ことうくつしきん》）によって追悼の句集が編まれた。題して『別れ霜』という。伝本は少なく、いま早印《そういん》の岐阜県図書館蔵本（北田紫水《きただしすい》▲旧蔵）により示そう。天明五年（一七八五）跋。半紙本一冊。京の橘屋治兵衛版。巻首には、加治田の漢詩人服部拙元《せつげん》（平井家の分家である服部家六代。諱《いみな》元済《もとなり》。字《あざな》は美沖《びちゅう》。出家して加治田清水寺に住す）撰の「見爾居士ノ碑陰ニ書ス」を置き、口絵には、賛として冬秀の「咲《さけ》ばちり満《みつ》ればかくる月花《つきはな》をめでにし夢もけふぞ覚《さめ》ぬる」の和歌を掲げる。ここには、巻首に配された彼の「四季吟」を示しておこう。

静《しづか》さや入日《いりひ》のあとの山桜
梅ごしに昼間かりるや涼床《すずみどこ》
その跡のいちばいくらき花火哉《かな》
むだ火たく産所《うぶどこ》広し寒《かん》の雨

北田紫水　実業家・俳人・蔵書家（一八七四―一九四四）。名は彦三郎。古俳書を核とした「紫水文庫」が高名だが、売り立てられて散逸した（『もくろく　紫水北田家所蔵品入札』〈東京美術倶楽部、一九三四年〉）。高木蒼梧《そうご》編『紫水句集　北田紫水遺稿』（私家版、一九四五年）参照。

早く二十三歳の時に先代冬音の家集『尊辰和歌』を編んで父を偲んだ若き冬秀は、その後和歌に精励しつつ俳諧にも遊び、全国各地の友人たちと俳交を重ねた。やがて四十八歳で『俳諧恒之誠』を編刊し、宿願だった平井家始祖以来の顕彰を果たしたのだった。

第十代公寿▲（一七六〇―一八二二）は、通称甚兵衛・建蔵《けんぞう》、字は有年《ゆうねん》・東野《とうや》、古桐窗士琴などと号した。天明二年（一七八二）に美濃関の亀山家から養子入りし、父冬秀同様に和歌と俳諧に手を染め、花道や囲碁にも親しんだが、最もよくしたのは漢詩文である。晩年の文化十三年（一八一六）、美濃坂祝《さかほぎ》の岩屋観音に、尾張名古屋藩儒（明倫堂教授）の秦滄浪《はたそうろう》（一七六一―一八三一）とともに木曾川を詠んだ碑を遺したことはまず第一に挙げるべき壮挙だが、結局のところ詩集を編むには至らなかったらしい。その詩作は切れ切れに残るのみで、詩風を窺知するには遠く及ばない。

第十一代貞誠（一七七〇―一八一二）は、第九代冬秀の息。通称泰治《やすじ》（次）、字は意仲《いちゆう》。彼が執心したのは和歌と茶で、和歌は、添削済みの一次資料も少なからず残る（二十三点）が、肝心の点者が分からない。他方、彼は茶道にのめりこんだ。師は、京の裏千家十世宗室《そうしつ》（一七七〇―一八二六）。貞誠は千家にとっても安定的な収入源として大切な門人だったのだろう、貞誠に宛てた宗室の書簡が多く

第十代公寿　公寿には、寛政十一年（一七九九）と寛政十二年（一八〇〇）のわずか二年分だが日記が現存する。地詰役人としての公務や酒造など家業の実態のほか、酒好きの美食家で多趣味の人であったことが窺われる。中島勝國編『平井甚兵衛公寿日記（寛政十一・十二年）』（富加町文化財調査報告書19・20、富加町教育委員会、二〇〇四年）参照。

残されており（十七通。他に裏千家九世玄室《げんしつ》書簡一通、宗玄《そうげん》〈宗室の弟〉書簡三通も残る）、しばしば金子《きんす》受納の礼言が認められる。貞誠の『茶湯附留記《ちゃのゆつけたりとめき》』（文化六年〈一八〇九〉写。図23）につけば、当時平井家には相当の茶道具の優品があったようだ。それらはすべて既に散逸したというのが何とも恨めしい。

その後の平井家は、第十二代定猷（?——一八六三）が和歌を嗜んだようだが（点者未詳の一次資料が三点伝わる）、それ以外の状況は少なくとも現存資料からは窺い知ることができない。

以上が平井家歴代の文芸活動の〈歩み〉である。

初代信正から第十二代定猷まで、室町末より江戸末に至るおよそ三百年もの長きにわたって、鄙《ひな》にあった一つの豪商の間断のない文芸活動が、折々に京都との関係を保持しながら継続展開していった様子が確認できることに改めて瞠目させられる。彼らの詩歌俳の素朴さを指摘するのはたやすいことかもしれないが、そのような価値判断だけではこの平井家文芸の真の意味を理解するこ

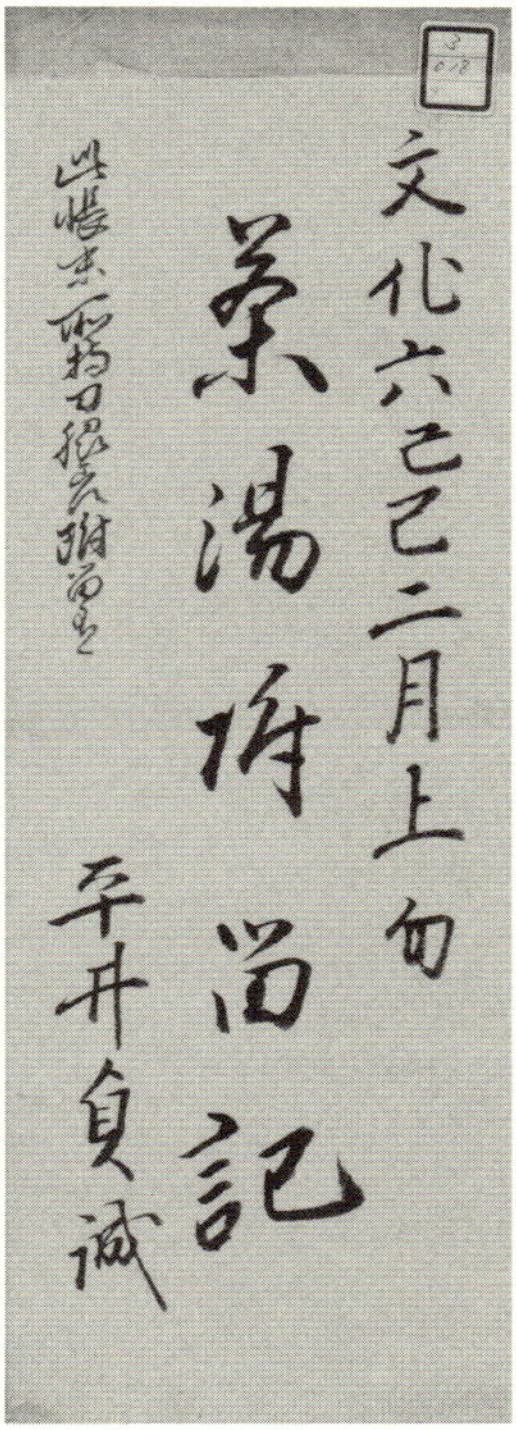

図23 『茶湯附留記』（文化6年〈1809〉写・横大仮1冊）

とはできない。彼ら歴代当主たちが詩歌連俳に、はたまた謡、茶にと、自在に学び遊んだその柔軟な心性こそ最も尊重すべきものであり、何より高く評価されねばならないだろう。他方、彼らの上昇志向を促す磁場であり続けた〈都のちから〉にも注視する必要がある。

これから第八代冬音の和歌研鑽の実態を探るに際して、まず次章では、江戸時代におけるみやび（教養）の概況をスケッチしておこう。

二▶江戸のみやび

冬音と近隣の仲間たちが和歌を詠むのには、いったいどのような動機があり、どんな方法があったのか。彼らの歌学びの精神性を窺うための地ならしとして、江戸時代の文芸のあり方や和歌史の構造《しくみ》を確認する。

江戸の雅俗

江戸時代の文化は、「雅《が》」と「俗《ぞく》」という二つの概念で捉えられる。「雅」はトラディショナルカルチャー。前代以来の伝統文芸の謂いで、漢詩漢学・和歌和学・連歌などに代表される。これに対して「俗」はサブカルチャーで、近世に興った俳諧・狂歌・川柳・小説・演劇などの諸文芸を指す（実際は文芸に関わる心性が重視されるからジャンルだけで截然《せつぜん》と切り分けるのは稚拙なのだが今は措《お》く）。雅は教養を形成し、俗は遊びに関わる。優劣の問題ではない。雅俗双方がそれぞれに大切なのであり、江戸時代の文化は、そうして雅と俗が共存することで成り立っていた。中野三敏《みつとし》▲によれば、江戸期全体を視野に収めればそのバランスは【十七世紀の雅優勢→十八世紀の雅俗融和→十九世紀の俗優勢】へと緩やか

中野三敏　日本近世文学専攻。九州大学名誉教授。文化勲章受章（二〇一六年）。著書『十八世紀の江戸文芸―雅と俗の成熟―』（岩波書店、一九九九年）ほか多数。一九三五―二〇一九。

に推移していった、と概括されている。

平井家の歴代当主たちは、そのような時代相の中で漢詩や和歌に精励し、また俳諧・謡・茶道を楽しんだ。

では冬音が専心した和歌は、当時どのような状況にあったのか。冬音の時代——元禄—享保期（一六八八—一七三六）——を見据えつつ、視点を少々広くとって当代の和歌史をかいつまんで綴ってみよう。

和歌史の十七—十八世紀

十七世紀、和歌はどこまでも堂上《とうしょう》のものであった。堂上とは天皇および公家の謂い。後陽成《ごようぜい》天皇に続いた後水尾《ごみのお》天皇と霊元《れいげん》天皇が歌壇の頂点に位置し、飛鳥井雅章《あすかいまさあき》・清水谷実業《しみずだにさねなり》・武者小路実陰《むしやのこうじさねかげ》らの公家たちが歌道精進を重ねて宮廷歌壇を強力に推進した。

他方、細川幽斎《ほそかわゆうさい》の歌学は松永貞徳《まつながていとく》へと伝えられ、地下《じげ》▲にも二条派▲が着実に広がった。貞徳の歌学を継いだ望月長孝《もちづきちょうこう》の一派は、その後平間長雅《ひらまちょうが》・水田長隣《みずたちょうりん》・有賀《あるが》長伯《ちょうはく》へと引き継がれた。彼らとは別に香川宣阿《かがわせんな》と河瀬菅雄《かわせすがお》の二派があり、彼ら上《かみ》方《がた》地《じ》下《げ》▲の三派は互いに牽制し合いながら、やがて十八世紀に入る頃にはそれぞれ地方にたくさんの門人を抱えて、歌人人口の増大に寄与した。そうして、京都・

地下　堂上の対語。昇殿を許されない者の謂いだから、通常は六位以下の官人をいうが、実際は公卿《くぎょう》であっても許されない者がいたので、「地《じ》下《げの》公卿」「地下上達部《かんだちめ》」などというのも存在した。三上景文《かげふみ》編の『地下家《か》伝《でん》』（天保十五年〈一八四四〉成）などはその方面の大部の系譜としてよく知られたものである。ただし、一般的には、宮中に出仕しない人びとの総称として使われることが多く、本書でも、武家・僧侶・神官・商人などを包摂したものとして使用する。

二条派　二条家（藤原定家《さだいえ》《ていか》の息為家《ためいえ》の長男である為氏《ためうじ》を祖とする）の当主を宗匠とする中世以来の和歌の流派。その家系は十五世紀初頭に断絶したが、それ以降も理念や作風は二条派に継承され、江戸後期に至るまで長く和歌の本流であった。伝統を尊重した穏和な歌風を特徴とし、中近世において広く支持された。その和歌史的意義は極めて重い。

大坂・江戸の三都のみならず、上方地下を介在させて地方にも着実に二条派が伝播していったのである。山本西武《やまもとさいむ》・金勝慶安《こんぜけいあん》や岡西惟中《おかにしいちゅう》など、貞門や談林の俳諧師の多くが歌俳兼学であったことにも注意を払う必要がある。

学ぶための書物に着目すれば、堂上の禁裏《きんり》文庫（写本）に対して、地下では歌《か》書《しょ》刊本が広く浸透した。概して本文には問題のあることが多いが、元禄（一六八八―一七〇四）を迎える頃には、撰集・家集・歌論歌学などに関する大半の歌書が刊本として出揃った。武家や庶民層の教養ならびに知的基盤の醸成、そして歌道精進を考える上で、歌書刊本は甚大な役割を果たしていたのである。歌風については、元禄期を中心に繊細な叙景歌がよく詠まれ、その傾向は地下歌人の門人指導にも現れていた。

続く十八世紀には、和歌史は堂上から地下へ、地下から地方へと展開する。

享保十七年（一七三二）に霊元院が崩御《ほうぎょ》すると、宮廷歌壇は徐々に求心力を低下させてゆく。もっともこれは、あくまでも後水尾院・霊元院両歌壇に比較しての相対的な評価であり、これに続いた桜町《さくらまち》歌壇などにおいても、依然として堂上が一定のちからを有していたことは言うまでもない。

それに対して、まず上方地下が享保期（一七一六―三六）に着実に門戸を広げた。江戸の地では、正徳年間（一七一一―一六）に下向した中院通茂《なかのいんみちもち》門の松井幸《まついゆき》

上方地下　上方の地下二条派歌人のこと。堂上に就学して和歌を学び、今度はそれをより広い層へと伝えた、多くは専門歌人たちである。自らの歌道精進の傍ら、点者《てんじゃ》として地方の武家や在地資本家に歌学を教授することにも出精し、その活動は、歌書の書写や収集、伝授、通信添削、注釈そして出版ほか多岐にわたった。時に和歌を逸脱し、積極的に俳諧に降りて歌俳兼作を謳う者、花道・茶道に遊ぶ者、神道・仏教などの諸学に傾斜した者も少なくない。香川家や有賀《あるが》家など地下重代《じゅうだい》の歌の家の成立という問題や、江戸堂上派の基盤の構築といった大きな和歌史的問題にも及ぶ。その総体の追究は、難問だが重事と見なければならない。

江戸堂上派　京都の堂上諸家に師事もしくは連なる人々によって、江戸の地で形成された和歌の流派。主体は幕府や諸藩の武士層で、僧侶や町人らも加わった。享保期（一七一六―三六）以降、冷泉門を軸とした歌壇が形成され、その和歌史的意義は賀茂真淵らの古学派を凌ぐほどであった。

天明狂歌　天明期（一七八一―八九）に江戸の地で流行した狂歌の謂い。その中心は四方赤良《よものあから》（大田南畝）で、萩原宗固・朱楽《あけら》菅江《かんこう》らの幕臣や平秩東作《へずつとうさく》・元木網《もとのもくあみ》らの町人が牽引した。

古学派　日本の古典を文献学的に研究することにより、日本固有の文化と精神を明らかにすることをめざす人びとによる流派。国学派とも。契《けい》沖《ちゅう》・荷田春満・賀茂真淵・本居宣長・平田《ひらた》篤胤《あったね》とその門流をいう。

隆《たか》が江戸《えど》堂上派《とうしょうは》▲の礎を築き、やがて石野《いしの》広通《ひろみち》・萩原宗固《はぎわらそうこ》ら冷泉為村《れいぜいためむら》門の幕臣たちが出現して、華々しい活躍を見せた。大田《おおた》南畝《なんぽ》ほか天明狂歌▲の担い手たちとの関係性も注意される。

他方、荷田春満《かだのあずままろ》・賀茂《かもの》真淵《まぶち》らを核として、革新的ないわゆる古《こ》学《がく》派▲の人びとがだんだんと力をつけてくる。彼らは、その頃三都を分厚く蔽っていた地下二条派の一隅を崩しながら徐々に侵蝕していったのだった。それ以降の、真淵と県門《けんもん》、加藤千《かとうち》蔭《かげ》と村田《むらた》春海《はるみ》による江戸派▲の形成、加藤宇《かとうう》万伎《まき》・上田《うえだ》秋成《あきなり》ら上方県門、小《お》沢蘆《ざわろ》庵《あん》、本居宣長《もとおりのりなが》等々への展開は、既存の和歌史の叙述▲に委ねよう。

冬音は、このような和歌史的状況の中で、上方地下の雄であった香川宣阿・水田長隣・有賀長伯、すなわち京都の専門歌人たちに師事し、美濃の山中で二条派に連なる和歌を楽しみながら学んでいたのだった。

添削という営為

和歌でも俳諧でも、はたまた現代の短歌や俳句でも、総じて韻文の場合は、今も昔も先生の添削を受けることが上達のための最良の方法であった。てにをは一つの指導改作によって、作品が見違えるほど上質なものへと変貌を遂げることはよくあることだ。長寿番組として知られるTBS系列の「プレバト!!」内の「俳句の才能査定ランキング」で、俳人夏井いつきさんの的確な指導に膝を打ったことのある読者も多かろう。あるいはまた、年配の方ならば、歌人木俣修《きまたおさむ》▲の不朽のベストセラー『短歌添削教室』（玉川大学出版部、一九七三年）を思い浮かべるかもしれない。

そもそも添削とは、和歌や俳諧における指導技法の一つである。和歌の場合、添削の起源は早く院政期（十一世紀末以降）に求められ、室町期には公家による武家への添削をはじめとして具体的な事例をいくつも確認できるようになるのだが、やがて江戸期に入ると、天皇による公家への添削／公家同士の添削／公家による地下（主として大名・武家）への添削／地下宗匠による地下門人（庶民層）への添削など、さまざまなケースが現れた。下って幕末明治に至っても、例えば、名古屋市博物館所蔵の伊藤次郎左衛門家（松坂屋創業家）旧蔵資料の中には、祐良《すけよし》（第十三代）・祐昌《すけまさ》（第十四代）が冷泉為則《ためのり》・為理《ためただ》らから添削を受けた大量の詠草（一次資料）が含まれていて（最も遅いものに明治三十二年の年紀あり）、文化史的にも興味深い。そののちも、『和歌講義録』（大日本短歌会編、文光堂刊、一九一一年）や、同名異書の『和歌講義録』（大日本和歌研究会編刊、非売品、一九一三年）などのように、明治大正期に刊行された和歌入門書類の巻末には添削の実例を付載するものが少なくなかった。これは俳句も同様の状況であり、つ

江戸派　賀茂真淵門の加藤千蔭と村田春海を中心として、江戸の地で形成された流派。真淵の古風尊重の立場を継承しつつも、古今調・新古今調の平明優美な歌風で知られる。

既存の和歌史の叙述　山崎芙紗子「〈近世後期〉復古から新風へ」（島津忠夫ほか著『和歌史―万葉から現代短歌まで―』所収、和泉書院、一九八五年）など参照。

木俣修　歌人・国文学者（一九〇六―八三）。本名は修二。北原白秋に師事し、昭和歌壇を牽引した。

まりは江戸に限らず明治も今も、和歌短歌・俳諧俳句上達のための最上の方法は、添削にほかならなかったのである。

添削は、原歌に見《み》せ消《け》ちの形で加除訂正を施すので、それを見れば、師がどのように原歌に新たな息吹を生んだのかが一目瞭然するのだが、通常は清書した段階で廃棄されるものだから、生々しい添削のあとを留めた原詠草《えいそう》が遺るのは極めて稀である。前代までに比べると、近世和歌においては添削を施した原詠草の残存率が高いので、近年は堂上を中心にその営為の現場に踏み込んだ研究成果が次々に発表されている▲。

次章以下で紹介してゆくのは、上方地下による平井冬音ら地方の地下門人（庶民層）に対する添削であり、その種の加点詠草としては早期の遺例として注目されるものだ。香川宣阿ら京都の先生たちは、美濃在住の平井冬音らの和歌の、どこをどう直したのか。添削の具体の検討に入る前に、まずは富加町郷土資料館に遺る加点詠草の全容を紹介しよう。

近年は……　江戸初期の近衛家を対象とした大谷俊太「陽明文庫所蔵近衛信尋自筆詠草類について」（『近世文芸』六〇号、一九九四年七月）、「和歌の稽古と添削――近衛信尋・尚嗣父子の場合」（『國學院雑誌』九五巻一一号、一九九四年十一月）、後水尾院歌壇を対象とした上野洋三『近世宮廷の和歌訓練――『万治御点』を読む』（臨川書店、一九九九年）、鈴木健一「後水尾院の和歌添削方法」（『近世堂上歌壇の研究 増訂版』所収、汲古書院、二〇〇九年。初出一九九〇年）、大山和哉「後水尾院の歌論と添削指導」（『国語国文』八一巻五号、二〇一二年五月）、江戸中期の冷泉家を対象とした久保田啓一『近世冷泉派歌壇の研究』（翰林書房、二〇〇三年）、江戸中後期の光格天皇を対象とした盛田帝子「光格天皇と和歌添削」（二〇一二年度和歌文学会関西例会口頭発表、十二月一日、於大阪大学）、地下を対象とした加藤弓枝「添削の達人――小沢蘆庵とある非蔵人の和歌」（『文学 隔月刊』六巻三号、二〇〇五年五月）など。なお、近世ではないが、武井和人「山科言継《やましなときつぐ》の詠草とその評語」（『中世古典籍学序説』所収、和泉書院、二〇〇九年）は、添削に関わる種々の問題点を分析して示唆的。

三▶加点詠草一覧

冬音と近隣の仲間たちは、上方の地下宗匠に師事してひたすら和歌の実作の鍛錬に努めた。師の添削済みの詠草が京都から戻ってきた時々の冬音らはまさに一喜一憂。昂奮しつつ、歌学びの醍醐味を実感したに違いない。

加点詠草とは何か

平井家文芸資料約一千点のうち和歌関係資料は三百点余り。そのうち、添削の施された詠草（加点詠草）は全部で六十二点確認される（一部に紀行文や書簡を含む）。形態は、折紙《おりがみ》一通の短いものから巻子《かんす》状に及ぶ長いものまで区々認められる。年紀は、正徳元年（一七一一）から享保末年（一七三六）まで（他に年次未詳のものもあり）。点者は、香川宣阿・香川景新・金勝慶安・水田長隣・有賀長伯ほか、元禄前後に上方で活躍した地下二条派歌人を中心とする。

いま図24に示したのは、正徳五年（一七一五）香川宣阿加点「副雄等和歌三十首」の巻頭部分。時系列に沿ってゆっくりと説明しよう。

まず、冬音と近隣の仲間たちによって「三十首和歌」が詠まれる。詠草の書流

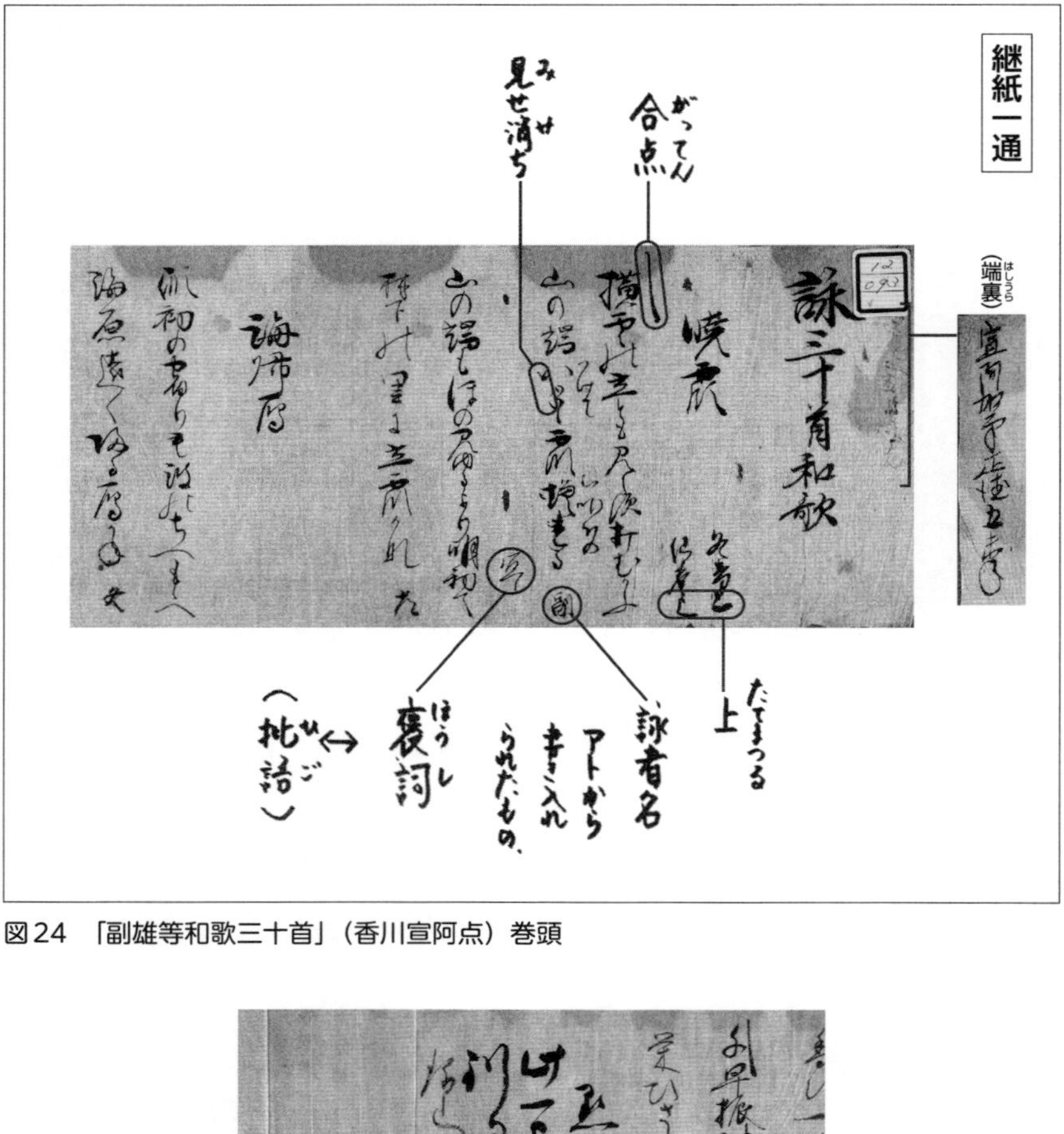

図24 「副雄等和歌三十首」（香川宣阿点）巻頭

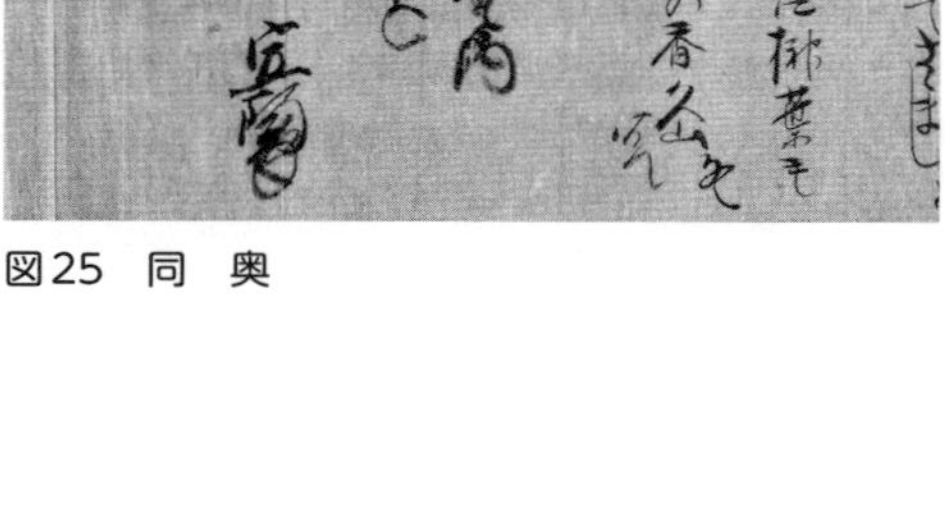

図25 同 奥

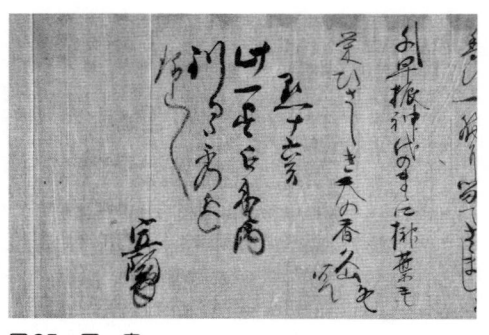

は冷泉流と思しく、他の資料に徴して冬音筆と推定される。歌題「暁霞《あかつきのかすみ》」の下部に、本文と同筆で「冬音上／仙庵上」とあるのは「上《たてまつる》」と訓《よ》む。平井冬音と長沼仙庵（加治田の隣伊深《いぶか》の庄屋で名は玄仲）のふたりが代表して、飛脚便を利用して京都の香川宣阿先生に自分たちの作品を送ったのである。それを受け取った宣阿は、見せ消ちにより適宜添削を施し、褒詞《ほうし》（褒め言葉）や批語《ひご》（批判の言葉）などの評語《コメント》を添え、改作後の歌が秀歌と判断されたものには合点《がってん》を付した。歌頭右肩に「＼」がかかっているのがそれである。そうして宣阿先生はすべての和歌に目を通したあと、末尾に「点十六首／此一巻近来之《きんらいの》内《うち》／別而《わけて》御《ご》秀逸《しゅういつ》／珍重々／宣阿（花押）」という奥《おく》（図25）を記したのだった。すなわち、全三十首中十六首に合点を付した上で、「この作品は最近のもののなかでも最上の出来栄えであり、たいへんに素晴らしい」というのである。ちなみに、この奥の文言自体は添削時に添える常套表現であり、添削という営為の「様式」を考える上でも興味深いもの。彼ら上方地下の専門歌人たちは、全国に門人を抱えて、各地から届けられるこの種の詠草の添削に日々精励していたからである。彼らにとって、それは、仕事であり身過ぎでもあった。

先生による添削が施された詠草は、再び飛脚便によって美濃の冬音らのもとへと戻ってくる。タイムラグは数か月、時に一年を越えることもあった。添削済みの詠草を手にした冬音らは、まず端裏《はしうら》（詠草巻首の裏側）に先生の名前と戻ってきた年紀を追記し、さらにそれぞれの和歌の下部に「詠者名」を書き入れた。つまり先生は、誰の和歌か分からない状態で作品の出来のみを判断したのである。これは、（通信添削ではないが）現代の歌会や句会のやり方と同じだ。

こうして冬音らは、誰の和歌が一番評価が高かったのかを合点の数で確認し、喜びあるいは奮起して、次の作品の競詠へと新たなモチベーションを確認し合ったのだった。

彼らは、先生の許から戻ってくる加点詠草を心待ちにしていたはずだし、それを受け取って一喜一憂したことであろう。韻文の創作とは、一人ひとりが、自らの心の揺れや感動を定型の中で適切に言語化し得た時の喜びにほかならないから、先生によって自歌が評価されればその感激は倍増しよう。加点詠草に示された生々しい添削のあとは、冬音たちのさらなる向上心を喚起するとともに、都へのあこがれを再認識する原動力になったに違いない。

上方地下歌人によるこの種の通信添削については、これまでも少なからず言及されてきたが、この平井家のケースのように、添削の施された原詠草（一次資料）がまとまって見出されたのは初めてのことであり、上方地下の具体的な添削の方法を窺うには絶好の資料である。なかでも注目すべきは、冬音らがほぼ同時期に同内容の詠草を複数の師に別々に送って添削を受けている例が残ることだ。それは、正徳五年（一七一五）宣阿点・慶安点・長隣点と、享保元年（一七一六）—二年宣阿点・長隣点の二例である。

この二例を含む全六十二点を、点者ごとに、年代順に並べたのが以下の加点詠草一覧表である。各項は七段構成。すなわち「点者ごとの通し番号／『美濃加治田平井家文芸資料分類目録』の通し番号／加点年次／出詠作者名／総歌数／形状／＊請求番号」から成る。出詠作者名は洩れなくすべてを記載、形状の「継」は「継紙《つぎがみ》一通」を、「折」は「折紙《おりがみ》一通」を、「切」は「切紙《きりがみ》一通」を、「仮」は「仮綴《かりとじ》一冊」を示す。料紙はすべて楮紙《ちよし》。

加点詠草一覧表

（ア）香川宣阿点

①349　年次未詳〔宝永末—正徳初〕　副隆・仙庵・貞恒・好形・好覚・任候・其由・丹芝　一六五首　継　＊12／242

②352　正徳元年　副隆・宜風・仙庵・好覚・好形・貞恒　四五首（実ハ五四首）　継　＊12／241

③	353	正徳元年	副隆・其由・宜風・好覚・好形・仙庵・貞恒・交計・麁芥	三一首	継	*12／174
④	354	正徳二年	好形	一〇〇首	継	*12／120
⑤	355	正徳三年	仙庵・好覚・副雄・冬音	四三首	継	*12／175
⑥	356	正徳四年	冬音	三〇首	折仮	*12／21
⑦	357	正徳四年	冬音	一〇〇首	継	*12／119
⑧	358	正徳五年	冬音	一六首	継	*12／172
⑨	359	正徳五年	副雄・常観・冬音・仙庵	三〇首	継	*12／93
⑩	360	正徳六年春	副雄・仙庵・冬音	三〇首	継	*12／105
⑪	361	享保元年	仙庵・冬音	一六首	継	*12／130
⑫	362	享保元年夏	冬音	一二首	継	*12／115
⑬	363	享保元年七月	冬音	二〇首	継	*12／99／1
⑭	369	享保元年冬	冬音	一〇首	折	*12／58
⑮	364	享保二年七月	冬音	一〇首	折	*12／27
⑯	365	享保二年十二月	冬音	一五首	継	*12／128
⑰	366	年次未詳	冬音	二一首	継	*12／90

⑱ 367 年次未詳 冬音 一二首 折 ＊12／13
⑲ 368 年次未詳 冬音 一〇首 折 ＊12／14
⑳ 370 年次未詳 冬音 一〇首 折 ＊12／326
㉑ 371 年次未詳 冬音 二首 切 ＊12／18
㉒ 372 年次未詳 冬音・仙庵 一三首 継 ＊12／165

（イ）香川景新点

① 373 享保二年七月 冬音 一〇首 継 ＊12／12

（ウ）金勝慶安点

① 374 正徳元年 好形・伊宣 二三首 継 ＊12／89
② 375 正徳元年 好形・伊宣・好覚・貞恒・副隆 二五首 継 ＊12／92
③ 376 正徳二年（二十二番歌合） 一慰・雄渓・僊庵・好覚・貞恒・其由・宜風・冬音・副隆 四四首 継 ＊12／236
④ 377 正徳五年 副雄・常観・冬音・仙庵 三〇首 継 ＊12／103

（エ）高田嘉重点

① 378 正徳元年 副隆・好形・貞恒・

好覚・僊庵・麁芥・
宜風・一慰

（オ）水田長隣点

①379	正徳五年春	冬音	五〇首	継	＊12／95
②380	正徳五年	副雄・常観・冬音・仙庵	三〇首	継	＊12／91
③381	享保二年二月	冬音	一〇首	継	＊12／97
④382	享保二年七月	冬音	二〇首	継	＊12／99／2
⑤383	享保二年十一月十九日	冬音・仙庵・常観	二〇首	折仮	＊12／129
⑥384	享保三年秋	冬音	五〇首	切仮	＊12／177
⑦386	享保四年二月十九日	冬音	一五首	継	＊12／102
⑧385	享保四年五月	冬音・仙庵	五〇首	切仮	＊12／178
⑨387	享保四年	冬音	九首	継	＊12／100
⑩389	年次未詳	〔冬音〕	八首	折	＊12／185
⑪390	年次未詳	冬音	五首	折	＊12／23
⑫391	年次未詳〔長隣点〕	冬音	七首	切	＊12／59
⑬392	年次未詳〔長隣点〕	冬音	七首	折	＊12／189
⑭393	年次未詳〔長隣点〕	冬音	六首	折	＊12／16

⑮394 年次未詳〔長隣点〕 冬音 五首 折 ＊12／182
⑯395 年次未詳〔長隣点〕 冬音 四首 折 ＊12／2
⑰396 年次未詳〔長隣点〕 冬音 四首 折 ＊12／15
⑱397 年次未詳〔長隣点〕 冬音 三首 切 ＊12／179
⑲398 年次未詳〔長隣点〕 冬音 三首 折 ＊12／22
⑳399 年次未詳〔長隣点〕 冬音 二首 切 ＊12／17
㉑400 年次未詳〔長隣点〕 冬音 二首 切 ＊12／385
㉒388 年次未詳 冬音 三首 切 ＊12／203
（七月三日付ノ書簡仕立）
㉓417 享保七年五月（紀行） 冬音 二八首 横 ＊3／1

（カ）篠光堂点

①401 享保元年七月 冬音 七首 継 ＊12／101
②402 享保三年九月 仙庵・冬音 九首 継 ＊12／113

（キ）有賀長伯点

①403 享保二十年正月 冬音 一〇首 継 ＊12／114
②404 享保二十年春 冬音 一五首 折綴 ＊12／303
③405 享保二十年五月 冬音 三〇首 継 ＊12／116

④406	享保二十年十一月	冬音	一二首	継	＊12／171
⑤419	享保二十年十一月	冬音	一六首	継	＊12／238
	（明石紀行抜書）				
⑥407	享保二十年十二月	冬音	一〇首	継	＊12／88
⑦408	享保二十年冬	冬音	一七首	継	＊12／176
⑧409	享保二十一年正月	冬音	九首	継	＊12／104
⑨420	年次未詳	冬音	五九首	折綴	＊3／8
	（巡礼記抜書）				

この一覧表を見てまず驚かされるのは、冬音らが、実に七人もの師を得て和歌を学んでいたという事実である。そしてもう少し丁寧に眺めてゆくと、各師への接近親炙《しんしゃ》の度合いに濃淡があることや、その就学の時期が微妙にズレていることに気付かされよう。

つまり、冬音が主として学んだのは、（ア）香川宣阿、（オ）水田長隣、（キ）有賀長伯の三人であり、しかもその時期は、当初は宣阿に、やや遅れて長隣に、そして享保末年頃には長伯に、それぞれ就いたらしいのである。先に本書「一」で確認したように、冬音は基本的には長隣門と見なされることから、享保初年あ

岡本宗好　江戸前期の地下歌人（一六一〇？―一八二）。江戸に下向して草創期の江戸歌壇を牽引した。家集『露底集《ろていしゅう》』『宗好詠草』では、日野《ひの》弘《ひろ》資《すけ》・中院通茂・烏丸資慶《からすまるすけよし》・飛鳥井《あすかい》雅《まさ》章《あき》らの堂上および地下の松永貞徳・木下長嘯子《きのしたちょうしょうし》から、それぞれに点を受けている。

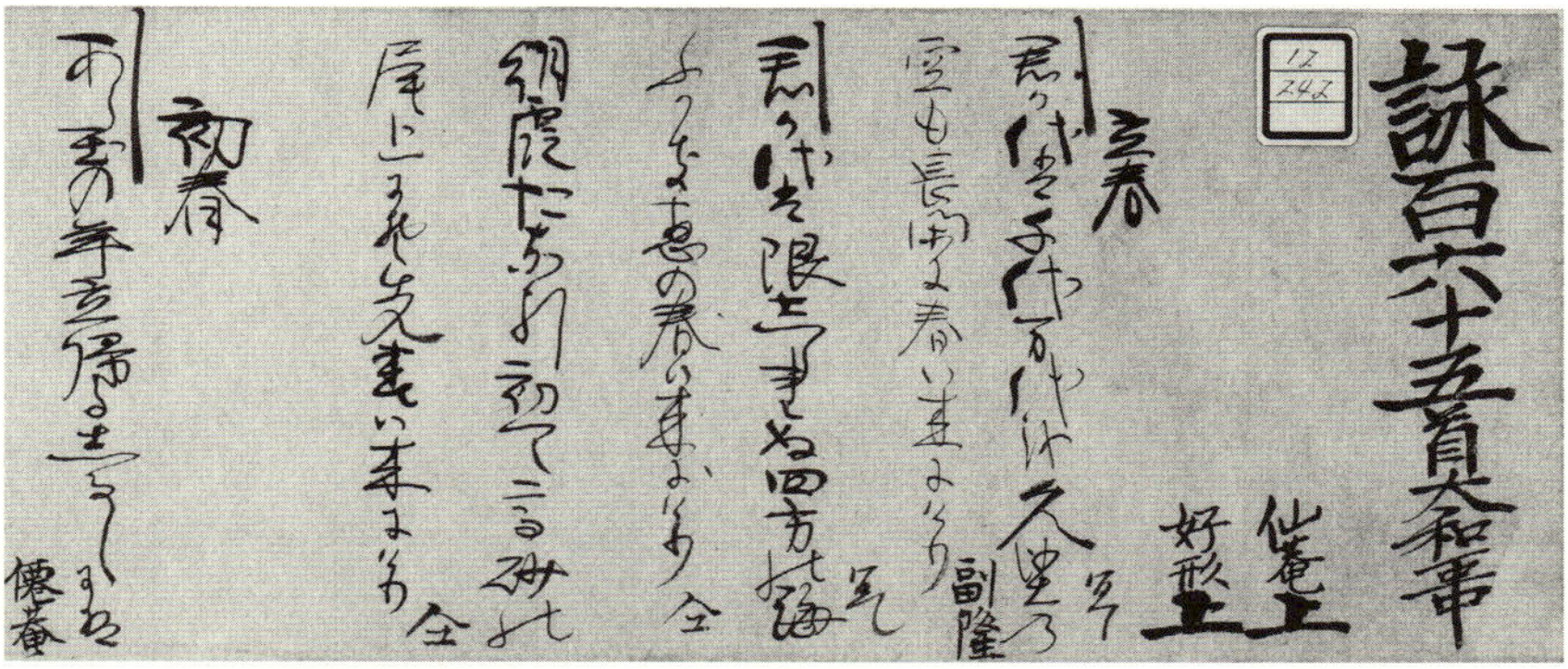

図26　「副隆等和歌百六十五首」（香川宣阿点）巻頭

たりを境として宣阿から長隣へと師を乗り換えたらしい（その理由は後述）。その後の、長隣から長伯への師匠換えは、長隣の死没に起因するのだろう（長隣没は享保八年〈一七二三〉）。したがってこちらは、長伯が同系の門人を「引き継いだ」という表現が事実に近かろう。

冬音、歌学びの始発

冬音の名の初出は、（ウ）金勝慶安点③正徳二年（一七一二）の「一慰等和歌四十四首」（二十二番歌合）である。この時冬音はまだ十九歳。しかしながら、この初学者の時分、すなわち正徳―享保の交において、彼の和歌への意欲は特に高かったもようで、宣阿、長隣を主たる師としつつも、さらに宣阿息の景新、金勝慶安、葆光堂にも点を受けている。当時にあって、地下の門人が複数の師の点を受けること自体なんら珍しいことではないが、ここまで大勢の指導者を得ていたことにはやはり驚かされるのである。ちなみに、他の早期の事例としては、堂上と地下それぞれに複数の師から点を得ていた、江戸の地下歌人岡本宗好《おかもとそうこう》▲のケースがある。

冬音ら加治田の人々が点を受けるようになったその始発時期を考える上で重要だと思われるのは、（ア）香川宣阿点①「副隆等和歌百六十五首」

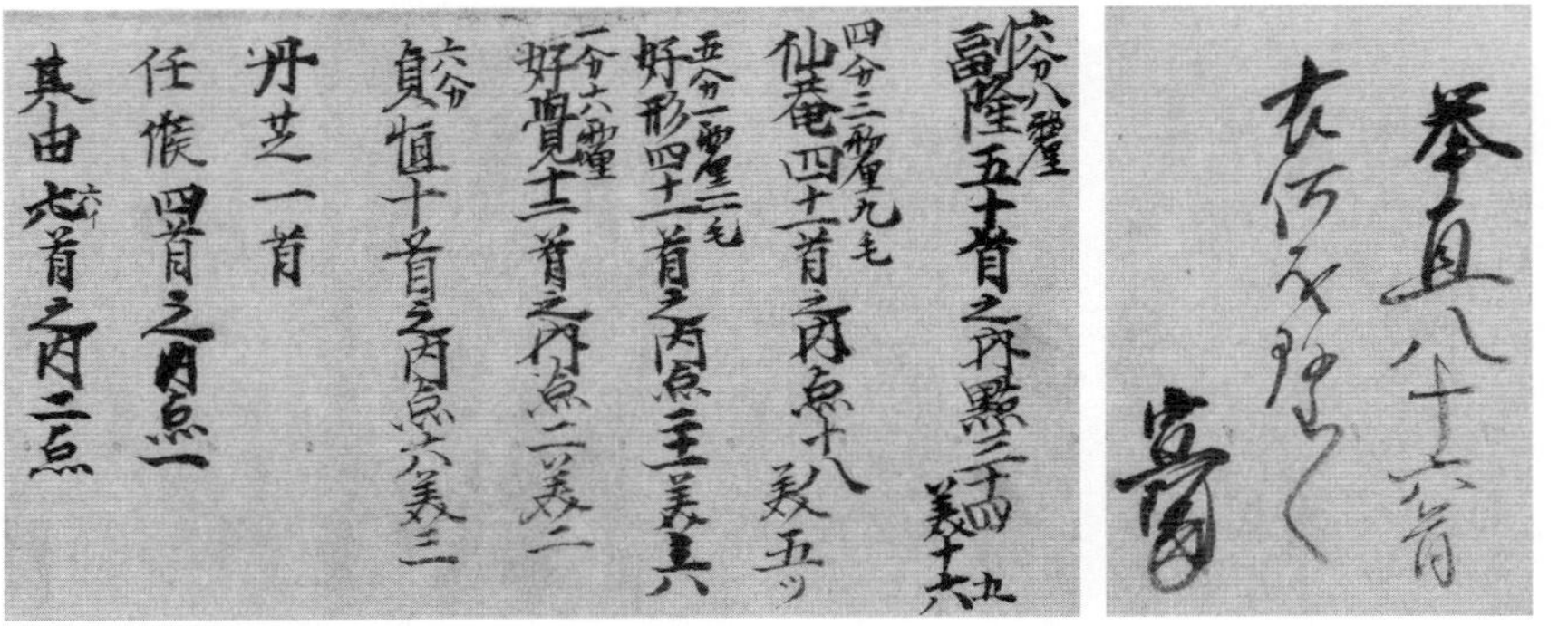

図27　同　巻末

（図26）である。好形・好覚・貞恒・副隆など、作者が正徳元年頃の他の資料の出詠者にほぼ重なる上に、冬音の父丹芝（第七代吉音）の名が唯一確認される資料だからだ。作者八人のうち、丹芝・任候・其由の三人は、支考編『東華《とうか》集』（元禄十三年〈一七〇〇〉刊・半三冊・京都井筒屋《いづつや》庄兵衛《しょうべえ》版）や魯久《ろきゅう》編『春鹿《はるのしか》集』（宝永三年〈一七〇六〉刊・半二冊・京都井筒屋庄兵衛版）に入集《にっしゅう》する俳人であり、副隆以下の五人とは明らかに異質の存在だが、地縁・血縁的にはほぼひとまとまりの集団と見なして差し支えあるまい（其由は平井家の一族で久左衛門、好覚は平井家縁戚の服部氏、仙庵は伊深の庄屋で長沼氏玄仲。他は未詳）。してみれば、加治田の和歌愛好者たちが香川宣阿を知り得たのは、文学史につながる丹芝の力によるものではなかったか。青年冬音は、父とその文芸仲間たちによる研鑽の輪の中へ、少し遅れて加わっていったもののように思われる。

点取和歌

なおここで、当該資料の巻末（図27）にも着目しておきたい。そこには、宣阿自筆の奥「挙直八十六首／右何も珍重々々／宣阿（花押）」に続けて、別筆（しかも後筆）で、例えば「六分八釐／副隆五十首之内点三十四美十六《五》」「四分三釐九毛／仙庵四十一首之内点十八美五ツ」などのように作者一覧が付載される。出詠歌数に対する加点歌数の割合を傍記しているのは、明らかに点《てん》取《とり》和歌の様態を示したものだ。

「点取」というのは、複数のメンバーが作品を詠み、指導者（点者）の合点を得て、その数を競う遊戯性の強いもの。連歌における点取連歌（鎌倉・南北朝期）の影響を受けて、和歌でも行われるようになったと思しい（例えば天理大学附属天理図書館蔵『点取和歌類聚』〈写五冊〉は鎌倉初期から江戸前期までの点取和歌九十七種を集成する）。江戸期に点取が盛んに行われたのは俳諧の領域で、既に江戸前期には点取に熱中する風潮が高まり、芭蕉がそれを「風雅《ふうが》三等之《さんとうの》文《ぶん》」▲（元禄五年〈一六九二〉二月十八日付曲水《きょくすい》宛て書簡）で戒めているのはよく知られている。冬音らが点取和歌を楽しんだのは、俳人として点取俳諧の時代のただ中にいた父丹芝らによる点取和歌を継承したものであった、と推測されよう。

むろん一覧表に掲げた加点詠草のすべてが点取和歌であったわけではないが、彼らは師の点の数を競い合いつつ実作の修練を重ねていたのだった。

以上、加点詠草の全容とそれに関わることどもに言及してきた。

次章では、点者側へと視点を移したい。

「風雅三等之文」　俳諧に関わる者の態度を三等級に分類し、営利に走る点取俳諧者流を最下位に、慰みの遊戯として嗜む者たちを中位に、俳道に精進する者たちを最上位に置いた。この時芭蕉は四十九歳。その冒頭は以下の通り。「一、風雅の道筋。大かた世上《せじやう》三等に相《あひ》見え候。点取に昼夜を尽くし、勝負を争ひ、道を見ずして走り廻《まは》る者あり。彼ら風雅のうろたへ者に似《に》申し候へども、点者の妻子腹をふくらかし、店主《たなぬし》の金箱《かねばこ》を賑《にぎ》はし候へば、僻事《ひがごと》せんには勝《まさ》りたるべし。……」。

四▼点者たち

先生たちはどのような人だったのか。歌人としての事績をあらあら確認するとともに、彼らが抱えていた門人の地域性や、平井家の添削資料にみる詠歌作法を追跡してみよう。

七人の師

冬音たちの師は実に七人に及んだ。これは異例である。ついては、詠草の加点年次順に点者を一人ずつ取り上げてゆく。

香川宣阿（一六四七―一七三五）

冬音らの添削をかなり多く手がけたのは香川宣阿である。

宣阿は周防《すおう》岩国（現山口県岩国市）の生まれ。岩国藩家老香川正矩《まさのり》の次男。二十七歳で上京し、同郷の宇都宮遯庵《うつのみやとんあん》▲に就学して漢詩人として京都文壇で活躍した。四十一歳の時に突然出家し、以降は時宗僧《じしゅうそう》として遊行《ゆぎょう》四十五世尊遵上人《そんじゅんしょうにん》から古《こ》今伝授《きんでんじゅ》▲を受ける傍ら、清水谷実業《しみずだにさねなり》・中院通茂《なかのいんみちもち》・武者小路実陰《むしやのこうじさねかげ》ら堂上《とうしょう》諸家に直接に、

宇都宮遯庵　江戸前期の儒学者（一六三三―一七〇九）。通称三近《さんきん》。字《あざな》由的《ゆてき》。遯庵は号。岩国藩儒。致仕後に上京し京都文壇で重きをなした。その精緻な注釈学により虱《しらみ》先生と綽《あだ》名《な》された。著書『遯庵詩集』（正徳三年〈一七一三〉刊）、『遯庵先生文集』（岩国徴古館蔵・写二冊）、『漢《かん》和《な》三五韻《さんごいん》』（貞享三年〈一六八六〉刊）など多数。

古今伝授　古今伝受とも。狭義には『古今集』に関する切紙《きりがみ》秘伝《ひでん》の伝授を指す。十五世紀後半に東常縁《とうのつねより》が宗《そう》祇《ぎ》に伝授した時を以て師資《しし》相承《そうしょう》のシステムとして確立した。ここで宣阿が尊遵から伝授されたのは、冷泉為《れいぜいため》和《かず》から遊行二十五世仏天《ぶってん》上人への相《そう》伝《でん》に始まる冷泉家流の「古今集灌《かん》頂《じょう》切紙」であった。

学んで、地下《じげ》の宗匠家（京都梅月堂《ばいげつどう》香川家始祖）として認められた。元禄八年（一六九五）に詠んだ「山々はまだ明けぬ夜の雲の上《うへ》に白きを見れば雪の不二《ふじ》のね」（『東遊記行《とうゆうきこう》』▲岩国香川家蔵宣阿自筆本）は、のちに霊元院の御感《ぎょかん》を蒙り、居所に因んで「一条の今西行《いまさいぎょう》」と称される機縁となった。家集に『水雲集《すいうんしゅう》』（岩国香川家蔵宣阿自筆本、一一四八首所収）があり、その実力のほどが窺われる。当代の上方地下歌人としては傑出した存在であった。

梅月堂門は、上方（京都・大坂）と郷里岩国を中心に東海道・山陽道沿いに確認され、なかでもまとまっているのは野村尚房《なおふさ》▲・岡俊直《としなお》▲など備前岡山の面々である。

『岡山神社日記』（岡山大学附属図書館池田家文庫蔵・写本六十冊余）は、岡山神社の神官岡氏が三代にわたって書き継いだ社務日記で、宝永三年（一七〇六）から明和七年（一七七〇）までの記事を収載、ほぼ毎年一冊、日次記《ひなみき》の形をとるが、特に岡俊直が記した巻首から元文四年（一七三九）までの三十四年間（丁数にして延べ三二〇〇丁余り）は、日々の職役のほかに文芸関係記事が頻出しており、注目される。俊直のもとに集うメンバーの大半は藩士であり、彼らは和歌を軸としつつ漢詩・連歌俳諧（含、漢和《かんな》▲）・謡などに及んでいた。

一例として図28に掲げたのは享保二年（一七一七）六月二十三日条。社頭での月並《つきなみ》歌会のさまを書き留めた件りである。師宣阿は、その二首め、「当座▲／夜《よるの》

『東遊記行』　宣阿百回忌を記念して、後裔《こうえい》の香川景樹《かげき》により、天保五年（一八三四）に『富士一覧記《ふじいちらんき》』と改題、校刊された。

野村尚房　江戸前期の歌人（？―一七二九）。通称権六郎《ごんろくろう》。号は一枝《いつし》軒《けん》・荒唐斎《こうとうさい》など。備中鴨方《びっちゅうかもがた》藩士（郡《こおり》奉行《ぶぎょう》）。湯浅常山《じょうざん》の縁戚。香川宣阿門で享保期岡山文壇の中心的人物。主著『三玉挑事抄《さんぎょくちょうじしょう》』（享保八年〈一七二三〉刊）。家集『青葉集《あおばしゅう》』は伝存不明。

岡俊直　備前酒折宮《びぜんさかおりのみや》（岡山神社）の神官（一六七八―一七三九）。通称越後《えちご》など。楽軒《らくけん》・乾々斎《けんけんさい》などと号す。香川宣阿門で享保期岡山文壇を牽引した。

漢和　連歌・俳諧の一種で、連句《れんく》において和句《わく》と漢句《かんく》を交え連ねる形式を指す。漢和《かんな》は漢句で始まるもの。

当座　即題《そくだい》とも。その場で出された題で和歌を詠むこと。あらかじめ出される「兼題《けんだい》」の対語。

鹿《しか》」題の「を《(お)》のがつまいかにこひてか長き夜にひとりお鹿《(を)》のなき明《あか》すらん」の第三句末を見せ消ちして「長き夜を」と直し、「宜候《よろしく》」との褒詞を与えて合点を付した。作者は明記されていないが、「連中、〔野村〕尚房・〔桜井〕元孟▲・〔志賀〕安為▲・〔飯田〕正度▲」とあるので、これらのうちの誰かである。宣阿は彼らに歌会のための兼題《けんだい》を与え、その所詠を通信添削していたのである。地方門人（主として武家）に対する添削事例として興味深いが、美濃平井家のケースと異なるのは原詠草が遺っていないことである。

ついで梅月堂門がまとまって確認されるのは、野崎円翁《えんおう》▲・炬範《きよはん》法師▲・若原勝《かつ》敏《とし》▲など尾張熱田の門人たちだが、あいにく添削の様態を示した一次資料は伝わっていない。

もう一例。地域は未詳なのだが、寺井玄伯《げんぱく》（号保寿軒《ほうじゅけん》、伝未詳）なる者に対する宣阿の添削が、『保寿軒詠草』『保寿軒詠歌』『保寿軒雑詠』（いずれも大阪公立大学杉本図書館森文庫蔵）に窺える。特に『保寿軒詠草』（横本・写一冊）は、詠者寺井玄伯の手許に戻ってきた宣阿による加点詠草を上下に二分し、冊子体に仕立てたもので、原詠草の趣きをよく伝える貴重なもの（図29）。『保寿軒詠歌』『保寿軒雑詠』が添削の様態を転写（清書）しているのに対して、『保寿軒詠草』は原態を留めている点が貴重なのである。その書中に「八十歳玄伯 上《たてまつる》」（二十六丁表）

〔桜井〕元孟　江戸前中期の歌人・俳諧師（一六六二―一七二二）。通称夫右衛門《ふえもん》。俳号は兀峰《ごつぽう》。岡山藩士。和歌は香川宣阿門、俳諧は蕉門《しょうもん》。江戸勤番中に芭蕉と一座して『炭俵《すみだわら》』などに入集、享保期には岡俊直のもとに集う主要メンバーとして特に和歌に出精した。主著『桃《もも》の実《み》』（元禄六年〈一六九三〉跋刊）。

〔志賀〕安為　岡山の商人。志賀氏。通称二郎兵衛《じろべえ》。出家して宗恵《そうけい》と号す。屋号は袋屋《ふくろや》。岡俊直のもとで主として和歌に精励した。

〔飯田〕正度　岡山藩士。通称伝《でん》右衛門《えもん》。岡俊直のもとで和歌の研鑽を積んだ。

野崎円翁　尾張熱田の人。名正盈《まさみつ》。出家して円翁と号した。香川宣阿門で尾張梅月堂門の中心的人物。『東《とう》遊記行《ゆうきこう》』（元禄八年〈一六九五〉成）で宣阿を歓待した。

炬範法師　尾張熱田正覚寺《しょうがくじ》（浄土宗の名刹《めいさつ》で尾張三檀林《だんりん》の一。山号は亀《き》足山《そくさん》。現名古屋市熱田区伝馬町《てんまちょう》）二十一世（一六四五—一七二五）。号は浣渓《かんけい》。晩年には京都東山禅林寺《ひがしやまぜんりんじ》の五十世となった。香川宣阿門。家集『炬範法師詠草』（刈谷市中央図書館村上文庫蔵）は炬範自筆。

若原勝敏　尾張熱田神戸《ごうど》村住の諸頭《もろと》（祭事に関わる町の有力者で山車《だし》を執る者）。通称助左衛門《すけざえもん》。俳号は叩《こう》端《たん》。芭蕉との俳交が知られるが、元禄期には香川宣阿門として熱田歌壇の主要メンバーであった。

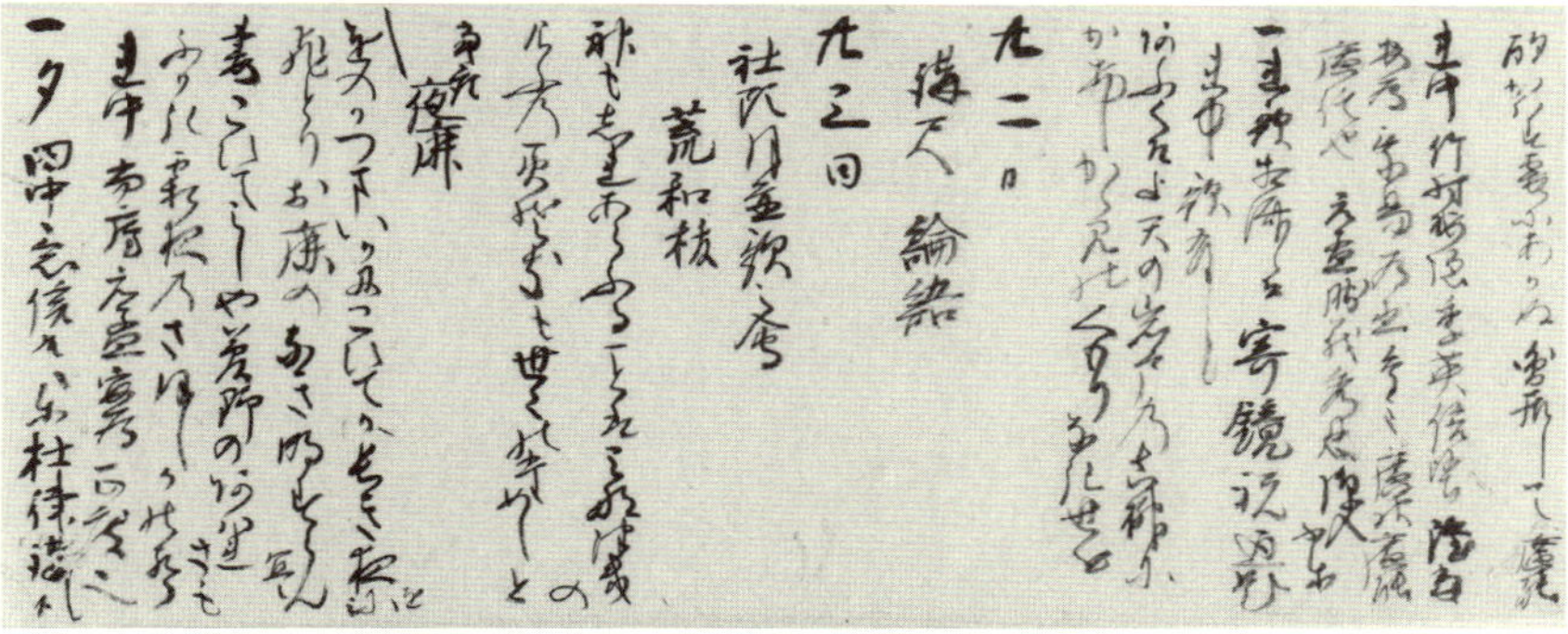

図28　『〔岡山神社〕丁酉日記』（岡山大学附属図書館池田家文庫蔵）享保2年（1717）6月23日条

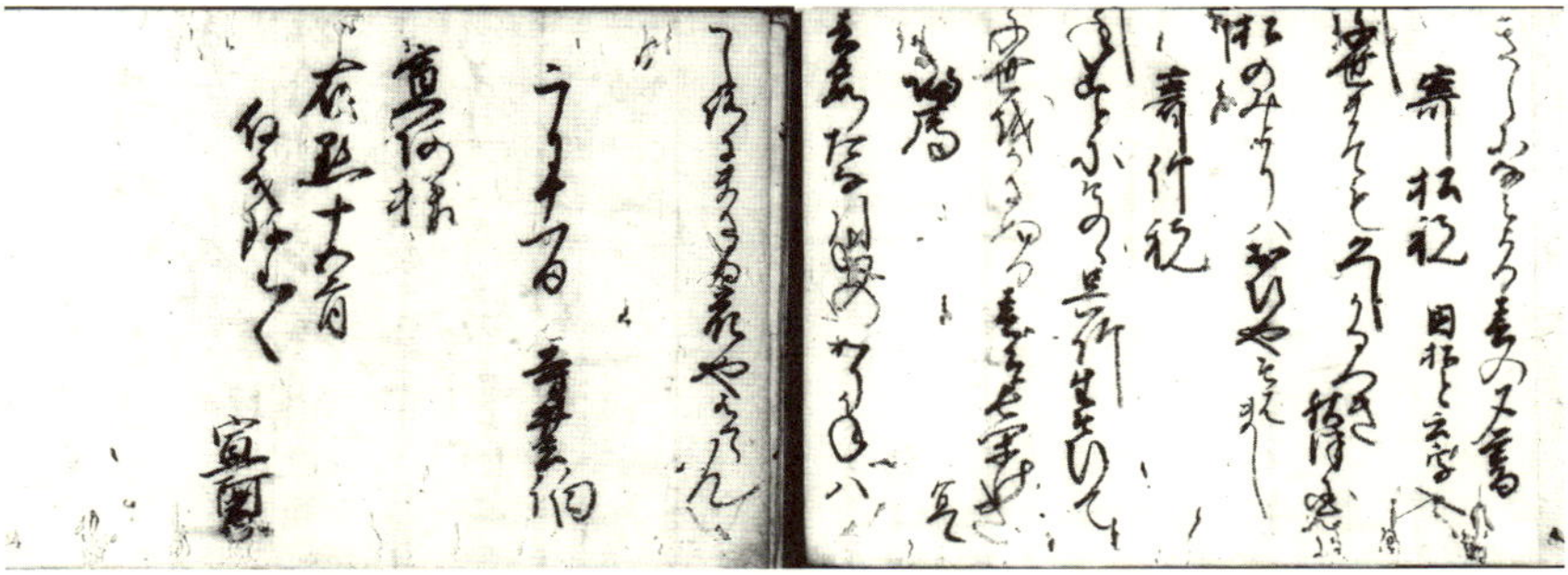

図29　『保寿軒詠草』（〔享保頃〕写・横1冊、大阪公立大学杉本図書館森文庫蔵）巻末

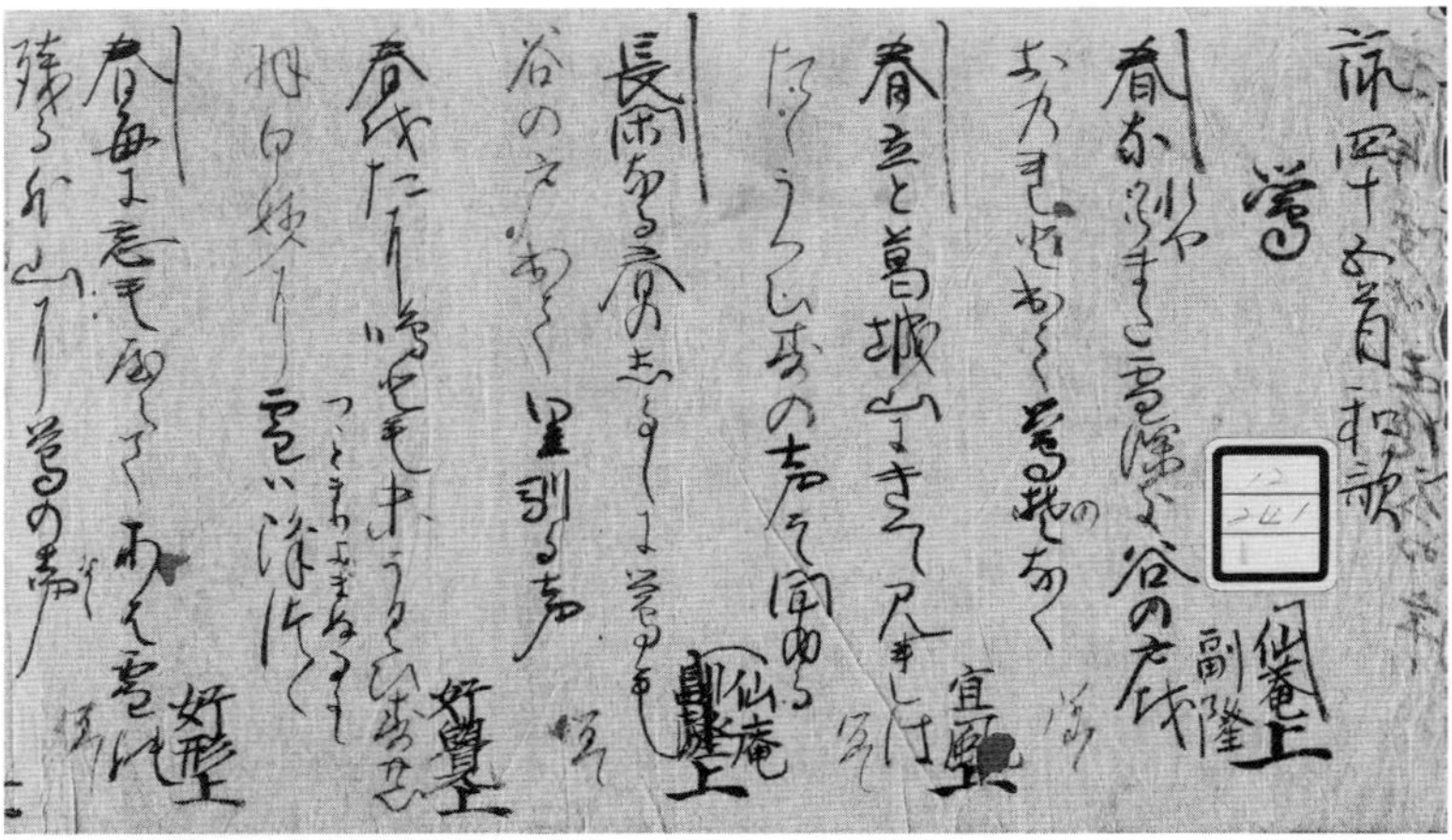

図30　「副隆等和歌四十五首」（香川宣阿点）巻頭

と出るので、これは玄伯最晩年の詠草と思しい。宣阿の添削は「よろしく候」など簡素なものに混じって、まま「ことば続きよろしからず」とか「下の句のことば、俗に聞こへ《(え)》候か」などのように具体的な批語が見出され、岡山連中に対するものよりも丁寧な印象を受ける（詠者寺井玄伯の伝が明らかになれば、宣阿との関係も判明しよう）。

さて、宣阿が初めて詠草に加点したのは、（ア）香川宣阿点①の宝永末〜正徳初と推定される「副隆等和歌百六十五首」（仮に正徳元年〈一七一一〉ならば宣阿は六十五歳。十八歳の冬音はまだ出詠していない）。通信添削はその後享保二年十二月まで続けられた。加点年次未詳の詠草を含めると、その数は全部で二十二点にのぼる。

図30に示したのは、（ア）香川宣阿点②正徳元年「副隆等和歌四十五首」（実ハ五十四首アリ）の巻頭部分。それぞれの和歌の下部に別筆で「宜候《よろしく》」とあるのが宣阿による褒詞である。二十二点の加点詠草を縦覧すると、ごく稀に「下句《しものく》、古歌にて候」「つつどまり、よまぬ事に候」「一、二句、か様《やう》のつづけ様《ざま》、悪《あしく》候」などのように具体的な批語が見出せるものの、評語の大半は「宜候」「珍重々」という添削の際に使われる定型表現だ。「まあまあね」「た

いへんよくできました」というのである。月謝を納めている弟子としては、これではちょっと物足りないであろう。

香川景新（一六七八—一七三九）

香川景新《かげちか》は宣阿の息。よく家学を継ぎ、父宣阿による『草庵集蒙求諺解《もうぎゆうげんかい》』▲（享保九年〈一七二四〉序刊）を増訂するなど、梅月堂の二代目として名を残したが、和歌活動の実態はほとんど知られていない（家集も伝存しない）。冬音らに対する加点も、**（イ）香川景新点①**の享保二年七月（この時景新は四十歳）「冬音和歌十首」たった一点が遺されているばかりである。しかもその添削は「よろしく候」「珍重々々」などとそっけなく、冬音らの信頼を掴むには至らなかったようだ。

金勝慶安（一六四八—一七二九）

金勝《こんぜ》慶安《けいあん》は近江太田郷《おおたごう》（現滋賀県栗東市）の人。俳号を任佗《にんた》といい、貞門《ていもん》・談林《だんりん》両派の論争の仲介を試みた俳論書《はいろんしょ》『二つ盃《さかずき》』▲（延宝八年〈一六八〇〉刊・半一冊・京都いたみや吉右衛門《きちえもん》版）の著を以て俳文学史に名を留める。本業は医者であり、神道学や天文学にも通じて多才だが、自らは二条派の歌人として自負していたらしい（墓誌に「二条家ノ歌道ヲ受ク」と刻まれる）。その歌門には、赤穂義士のひと

『草庵集蒙求諺解』 南北朝期の歌人頓阿《とんあ》（一二八九—一三七二）の家集『草庵集』（二四四七首）および『続草庵集』（五五七首・連歌九九句）の全注釈書。『草庵集』は二条派の亀鑑として近世和歌においても尊重された。

『二つ盃』 原題簽《げんだいせん》の角書《つのがき》には「中庸姿／破邪顕正」と刻されている（天理大学附属天理図書館綿屋《わたや》文庫蔵）。

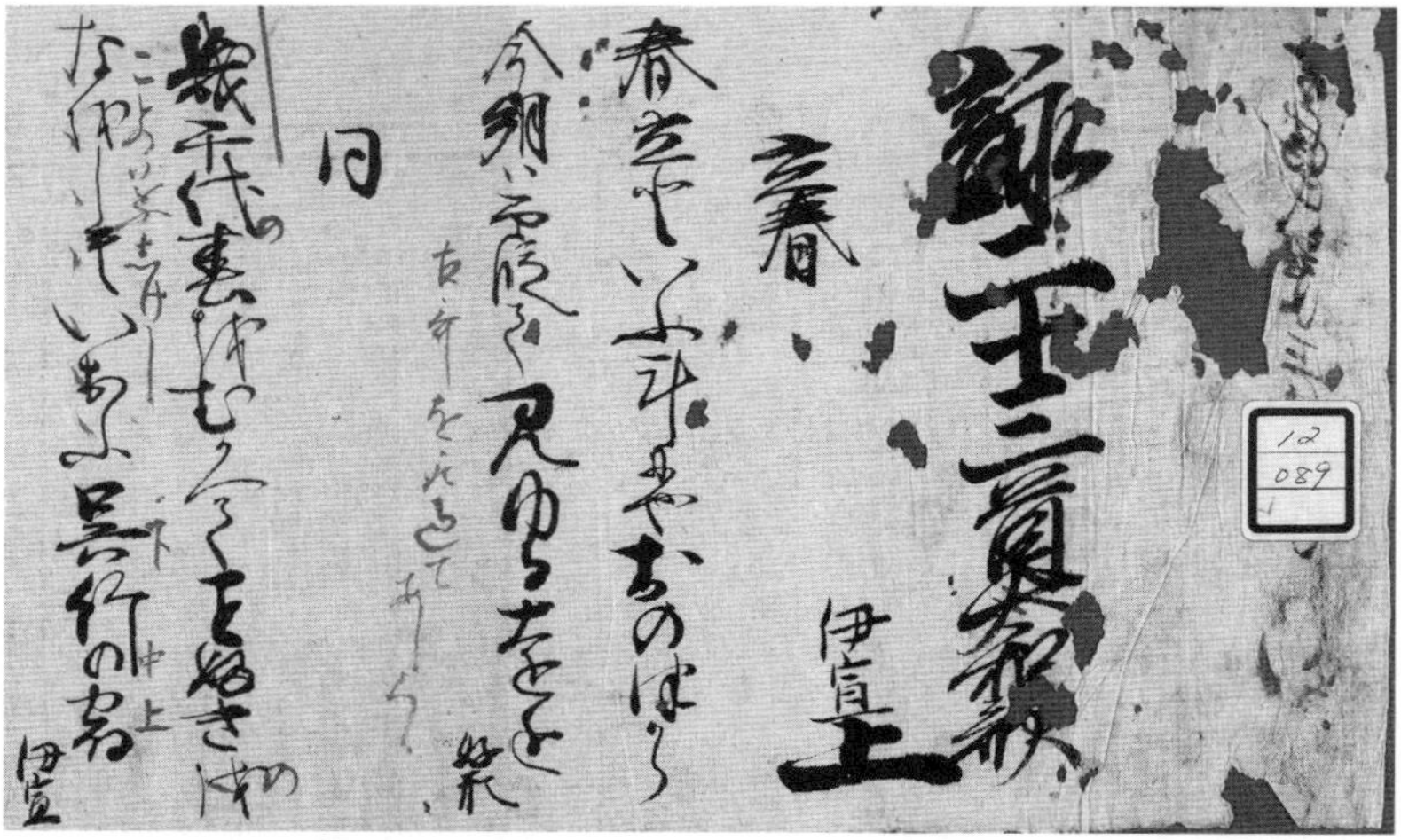

図31　「好形等和歌二十三首」（金勝慶安点）巻頭　＊慶安による添削と奥は朱書

り小野寺秀和《ひでかず》夫妻もいた（寛政二年〈一七九〇〉刊『近世畸《き》人伝《じんでん》』巻二）。若き日の慶安は、望月長孝《ちょうこう》と山本西武《さいむ》に師事して歌俳を兼学したが、自らまとまった歌書を公刊しなかったこともあって、その歌人としての活動の実態はこれまで全く知られてこなかった。

平井家資料の中には、慶安による加点詠草が四点見出される（正徳元年〈一七一一〉—五年）。この四点は、具体的な慶安の添削指導が窺える今のところ唯一の資料であり、これらの資料の背後に広がる彼の歌人としての豊かな活動を推測させてくれる貴重なものである。

図31に掲げたのは、（ウ）金勝慶安点①の正徳元年「好形等和歌二十三首」（時に慶安六十六歳。冬音はまだ出詠していない）。好形の「立春」題の巻頭歌「春立《はるたつ》といふ計《ばかり》にやおのづから今朝は霞《かすみ》て見ゆる遠近《をちこち》」について、慶安は添削は施さずにただ「古歌を取過《とりすぎ》て、あしく候」との批語を添える。古歌というのは、『拾遺集《しゅういしゅう》』巻頭の壬生忠岑《みぶのただみね》の「春立つといふばかりにやみ吉野の山も霞みて今朝は見ゆらん」。『詠歌大概《えいがのたいがい》』『近代秀歌《きんだいしゅうか》』で藤原定家《さだいえ》が説いた本歌取《ほんかど》りの作法——本歌と句の置き所を変えない場合は二句未満

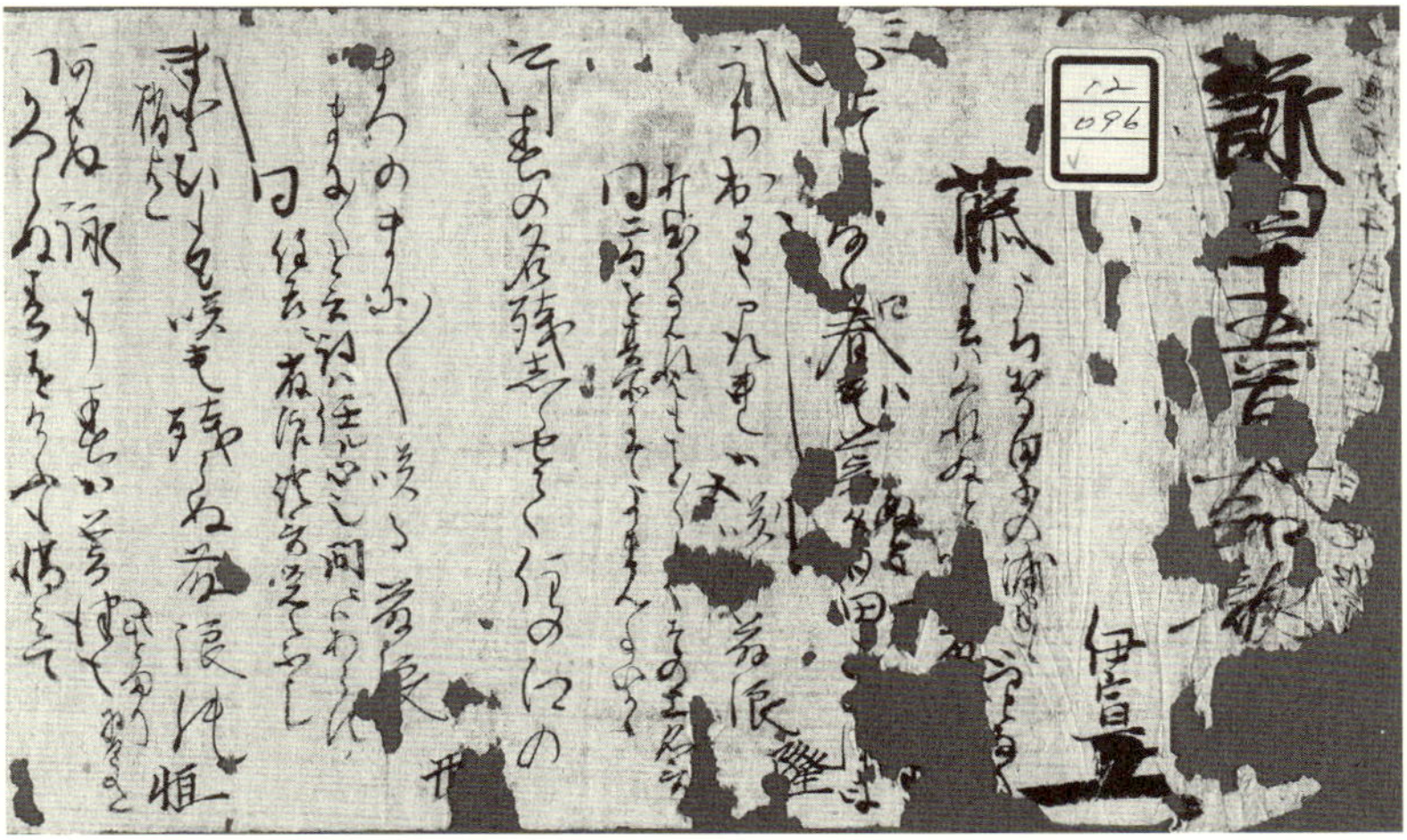

図32 「副隆等和歌四十五首」（高田嘉重点）巻頭

とし、なお季を違えることが望ましい——を無視していることを難じたのである。彼らの和歌は総じて稚拙なものが多いため、慶安の指導はまずその初歩的な誤り（係り結び、仮名遣い、枕詞《まくらことば》など）を改めている。慶安は、説明調で俗に流れた詠みぶりには「心いやし」「一首、ふらち也」と言い放つ一方で、趣向の珍しさや風情の面白さ、新しさのある和歌には高評価を与えていた。

高田嘉重（生没年未詳）

高田嘉重《よししげ》は、（エ）高田嘉重点①の正徳元年「副隆等和歌四十五首」の端裏《はしうら》に「武江高田昌庵」と出ることから江戸の地の歌人かと思量されるが、伝も事績も皆目分からない（奥には「昌陽斎源嘉重」と出る）。正徳初年頃の江戸の地下歌壇は京都に比べればまだまだ発展途上であり、嘉重が江戸の地下歌人なのか、ふだんは上方住でたまたまこの時江戸に下向していたのか、詳細は不明である。

嘉重の加点詠草は右の一点だけが現存する（冬音は未出詠）。図32はその巻頭部分。嘉重は、「藤」題の二首め、好形の「行春《ゆくはる》の名残しらせて住の江のまつのまにまに咲《さけ》る藤浪」について、添削は施さずに「まにまにと云詞《いふことば》は任《まかす》ル心也。間《あひだ》にはあらず。住吉に藤浪証歌《しょうか》、覚え不申候」との批語を書き入れた。「まにまに」という言葉は、「その心のままに任せて」という意味であり「その間に」という意味ではない。また摂津国の歌枕である住吉には（「白浪」を詠むことはあっても）「藤浪」を詠み入れた証歌は承知していない、というのである。総じてその指導は具体的だが、今は、他の嘉重関係資料の出現を待ちたい。

水田長隣（？―一七二三）

水田長隣は、初名を尾（小）崎元知《もとはる》といい、通称七左衛門、不遠斎《ふおんさい》・盈細堂《えいしょうどう》と号した。妻はさち。息は長栄《ちょうえい》。平間長雅《ちょうが》門の高弟。長雅の右筆《ゆうひつ》を務めて長雅の伝授書を代筆、自らもさまざまな秘伝書を門人に附与して、元禄―享保期の上方地下歌壇に重きをなした。京都寺町四条下《さが》ル町の書肆《しょし》としても活動し、師長雅発願の『奉納千首和歌』（元禄九年〈一六九六〉奥刊）ほかを出版している。門人には、北鷲《きたす》見《み》正忠《まさただ》・金光院《こんこういん》僧玄良《げんりょう》・小西長瑗《ちょうえん》・森永孝《ながたか》・平井冬音らがいる。森永孝は美濃加納《かのう》宿の脇本陣《わきほんじん》で、加納城下の「往来松《ゆききのまつ》」に因んだ『往来松詩歌《ゆききのまつしいか》』（享保三年〈一七一八〉成。一二二頁図15参照）編纂の立役者。平井冬音ともども、ふたりは美濃

住吉　神、松、忘れ草、浪がよく詠まれた。「沖つ風吹きにけらしな住吉の松の下枝《しづえ》を洗ふ白浪」（後拾遺集・雑《ぞう》・一〇六三・源経信《みなもとのつねのぶ》）など、白浪を詠み込んだ例歌は多い。

「藤浪」を詠み入れた証歌……　松の連想から藤も景物《けいぶつ》になったらしく、実際には「住吉の岸の藤浪我が宿の松の梢に色はまさらじ」（拾遺集・夏・八四・平兼盛《たいらのかねもり》）などの例歌が見出される。

平間長雅　江戸前期の上方地下歌人（一六三六―一七一〇）。望月長孝《ちょうこう》門。長孝から古今伝授を受けた。水田長隣・岡高倫《こうりん》・有賀長伯・北条氏《うじ》朝《とも》ら門人も多い。家集『風観斎長雅家集《ふうかんさいちょうがかしゅう》』（他撰）。

の門人であった。

　江戸前中期の伝授書類にしばしば長隣の名前が見出されるのは、松永貞徳――望月長孝――平間長雅の師系に連なる長隣の血脈《けちみやく》（師資《しし》相承《そうしょう》の系譜）の証しだが、それ以上の和歌活動の実際は従来不分明であった（家集の伝存も未詳）。それゆえに、平井家に伝襲した長隣の加点詠草は、彼の点者としての姿を初めて捕捉できる貴重な資料と言える。しめて二十三点。このうち十点は、長隣加点との明証がないものの筆跡から長隣加点と推断されるもの。また、全体の半分強が加点年次不明資料だが、おおむね長隣五十代後半から六十代にかけての添削と推定される。それらを縦覧してみると、長隣の評語表現の特徴が浮かび上がってくる。それは、「珍重に候。但《ただし》、……。仍《よりて》――」という定型。素晴らしいとまず相手の作品を褒め、その上で修訂すべきところを指摘し、だから――だね、というのである（「仍」以下のところには添削後の新しい和歌本文が入ると思しい）。

　指導はふつう、ただ厳しい批評の言辞を浴びせるばかりでは立ちゆかない。かといって、漫然と褒めるのみでは肝心の和歌が上達しない。学ぶ側の意欲を巧みにコントロールしながら、時宜に適った柔軟な褒貶が求められる。冬音らのように、相手が初学者であればなおさらだ。

　長隣が戒めるのは、制詞《せいし》▲の類の使用、言葉の重畳《じゅうじょう》（同意もしくは同語の繰り返し）、

制詞　制《せい》の詞《ことば》、禁制の詞とも。和歌において使用が制限もしくは禁止された詞や表現。先達の表現に対する尊重の念に発するが、やがて歌学史上の秘伝に組み入れられて、遵守すべきルールとして長く意識された。

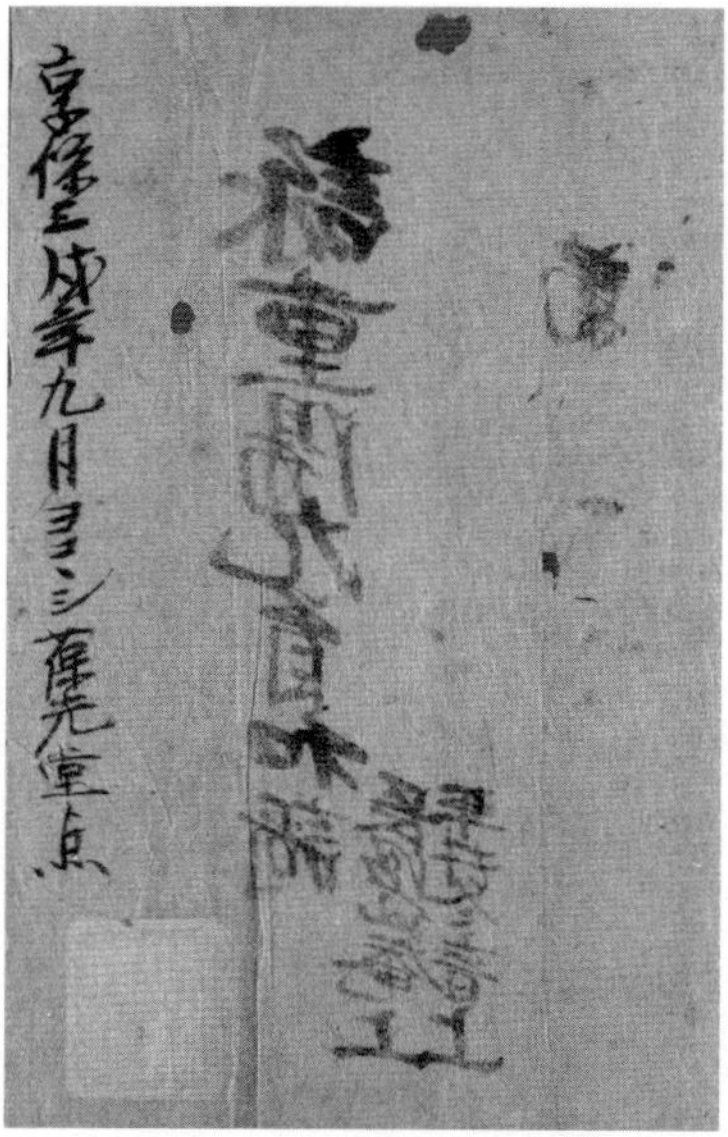

図33　「仙庵等和歌九首」（葆光堂点）端裏

歌病　「かへい」とも。「詩病」に倣い、歌の欠陥を人体の病に見立てたもの。同心病《どうしん》（同音同義の語の重複）、平頭病《へいとう》（上の句と下の句の初字の同音）など。

字余り、歌題の消化不良、俗への傾斜、歌病《かびょう》▲、無味・無趣向などであり、他方、重視したのは、ことばの「つづけがら」、趣向の新しさ、「聞こゆる」歌（一首に破綻するところがない歌）かどうか、などだった。

総じて香川宣阿の評語よりも丁寧であり、それゆえに冬音たちは、享保初年あたりを境として宣阿から長隣へと師を乗り換えたのではなかったかと推測される。

葆光堂（生没年未詳）

葆光堂《ほうこうどう》の加点詠草は二点のみ。（カ）葆光堂点②の享保三年九月「仙庵等和歌九首」の端裏に「ヨコ、シ葆光堂点」（図33）と見えるので、先の『往来松詩歌』に出る「恕庵　濃州横越徳祥寺前住葆光堂」その人だと思われるが、それ以外のことは分からない（「横越」は現岐阜県美濃市だが徳祥寺なる寺は現存しない）。ともかくも冬音らは、同郷の師にも学んでいたらしい。

有賀長伯（一六六一――一七三七）

有賀《あるが》長伯は越前福井の医家の生まれ。やがて歌学に志し、望月長孝のち平間長

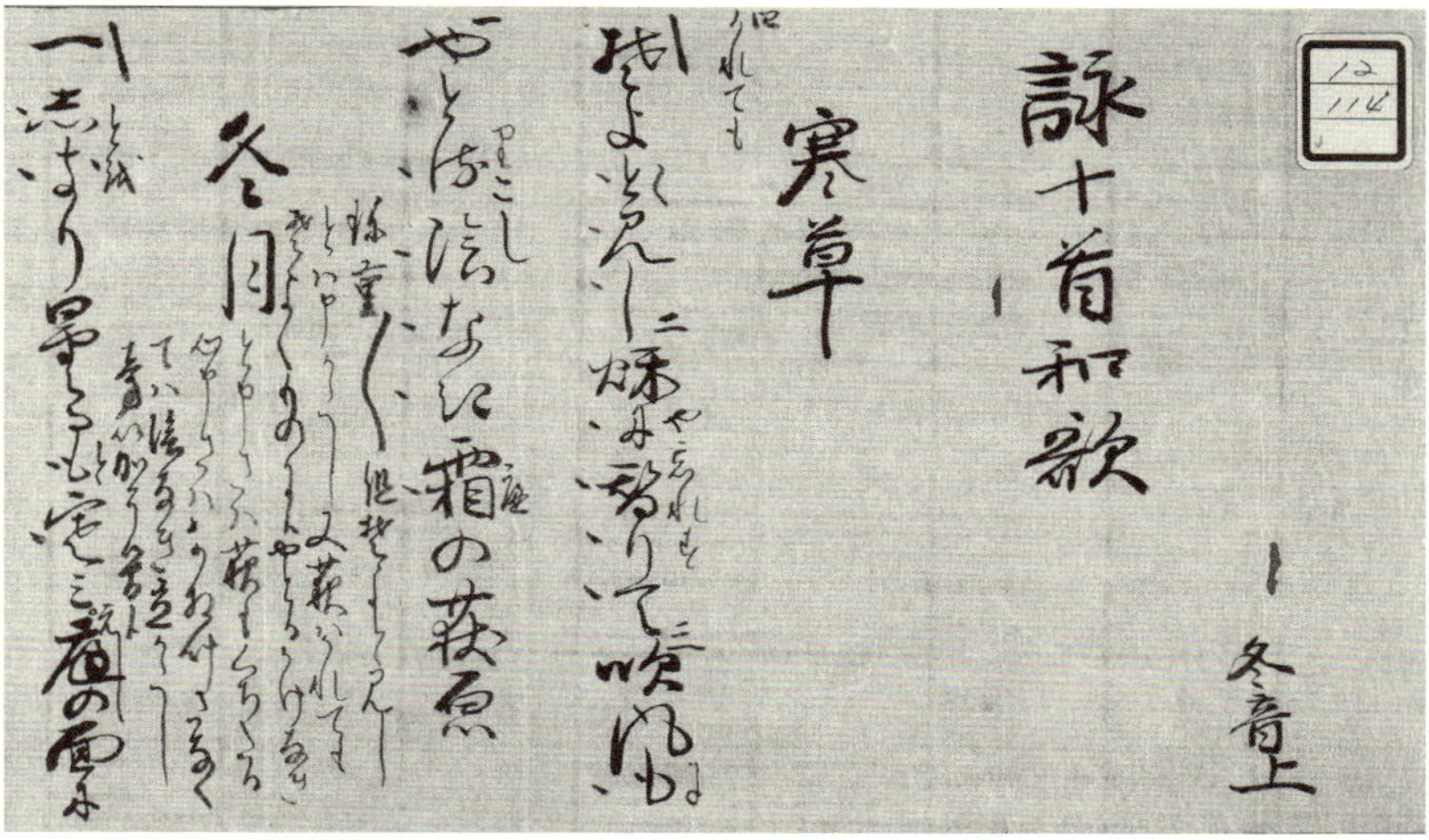

図34　「冬音和歌十首」（有賀長伯点）巻頭

雅に師事して、多くの秘伝書を伝授された。有賀は母方の姓。号は以敬斎《いけいさい》・無曲軒《むきょくけん》。『世々のしをり』（貞享三年〈一六八六〉刊）以下、通俗歌学書を次々に刊行するとともに、門人たちにさまざまな伝書を附与した。息は長因《ちょういん》。有賀家はさらに長収《ちょうしゅう》――長基《ちょうき》――長隣《ちょうりん》と続き、明治に至るまで（香川家と並んで）地下《じげ》重代《じゅうだい》の歌の家として重きをなした。大坂の川井立節《りっせつ》・川井立牧《りゅうぼく》、安芸竹原の道工《どうく》彦文《ひこぶみ》など、門人も多い。

　長伯の加点詠草は九点。その最初は、（キ）有賀長伯点①の享保二十年（一七三五）正月「冬音和歌十首」（図34）である（この時長伯七十五歳。冬音は四十二歳）。翌々年には長伯も冬音も亡くなるので、それぞれ最晩年のやりとりであった。「寒草《かんさう》」題の冬音の巻頭歌「そよと見し秋に替《かは》りて吹風《ふくかぜ》もやどる陰《かげ》なき霜の荻原《をぎはら》」を、長伯は、見せ消ちしつつ句の順序を入れ替えて「やどりこし秋や忘れず吹風にかれてもそよく庭の荻原」と修訂し、「珍重々々。但「そよと見し」とは申《まうし》がたく候。又、荻はかれてもそよぐものに候。「やどるかげなき」と申さば、荻もくちたる心申さば不相叶《あひかなはず》、さなくては「陰なき」立《たち》がたし」との評語を添えた上で合点を付した。師の斧正《ふせい》によって、原歌のつづけがらのぎこちなさが見事に解消され、歌の印象も鮮明なものに仕上がった。かように、長伯の添削は（他の点者たちと比べて）丁寧さが際立っている。

ちなみに、四国大学附属図書館凌霄《りょうしょう》文庫と柿衛《かきもり》文庫に残る、美濃の歌人柴田正陽《せいよう》（通称、四郎兵衛《しろべえ》・与市郎《よいちろう》）に対する加点詠草一巻も同工である。「春祝《はるのいはひ》」題の正陽の巻頭歌「春の田を花に忘れて此頃は恵《めぐみ》に遊ぶ御代《みよ》に豊《ゆた》けし」に対し、「一首泰平の心にては侍《はべ》れど、農家に農を忘れんことは祝儀ならず候歟《か》」との批語を添える（見せ消ちや合点はない）。やんわりと題の心に適っていないことを指摘しているのは、適切な指導と言えよう。

冬音らが諸家に点を仰いでいたことなど当の歌学者たちは預かり知らなかったと思しいが、いったい、彼ら専門歌人にとって地方に門人を抱えることは、自門の形成という組織上の戦略であると同時にたづきに関わることでもあったから、その指導力は種々の意味で常に問われていたはずだ。彼らの添削方法を窺うために、平井家に伝存する多くの加点詠草のうち最も興味深い二つの例を取り上げて、いよいよ彼らの添削の現場に踏み込むこととしたい。

五▼上方地下の詠歌作法

冬音と近隣の仲間たちは、時に点取和歌を楽しみながら和歌の実作の鍛錬に努めた。彼らが送った同じ作品に先生たちはどんな添削を施したのか。添削対象の和歌が同じだからこそ浮かび上がる、点者たちの詠歌作法の共通性と差異性を確かめよう。

二種の加点詠草

検討対象とする二種は、それぞれほぼ同時期に、冬音らから別々に送られた同内容の詠草を添削した資料である。

Aは、正徳五年（一七一五）冬音二十二歳の時の「副雄等和歌三十首」。十五題三十首。宣阿・慶安・長隣の三師が添削した（図35・図36）。合点を付した数は、宣阿十六首、慶安十九首、長隣二十一首（うち長点《ちょうてん》▲二首）。

（ア）香川宣阿点⑨　＊宣阿六十九歳

端裏「宣阿加筆正徳五未年」

奥　「点十六首／此一巻近来之内／別而御秀逸／珍重々々／宣阿（花押）」

長点　特に優れた作品に付す長い点のこと。

（端裏）

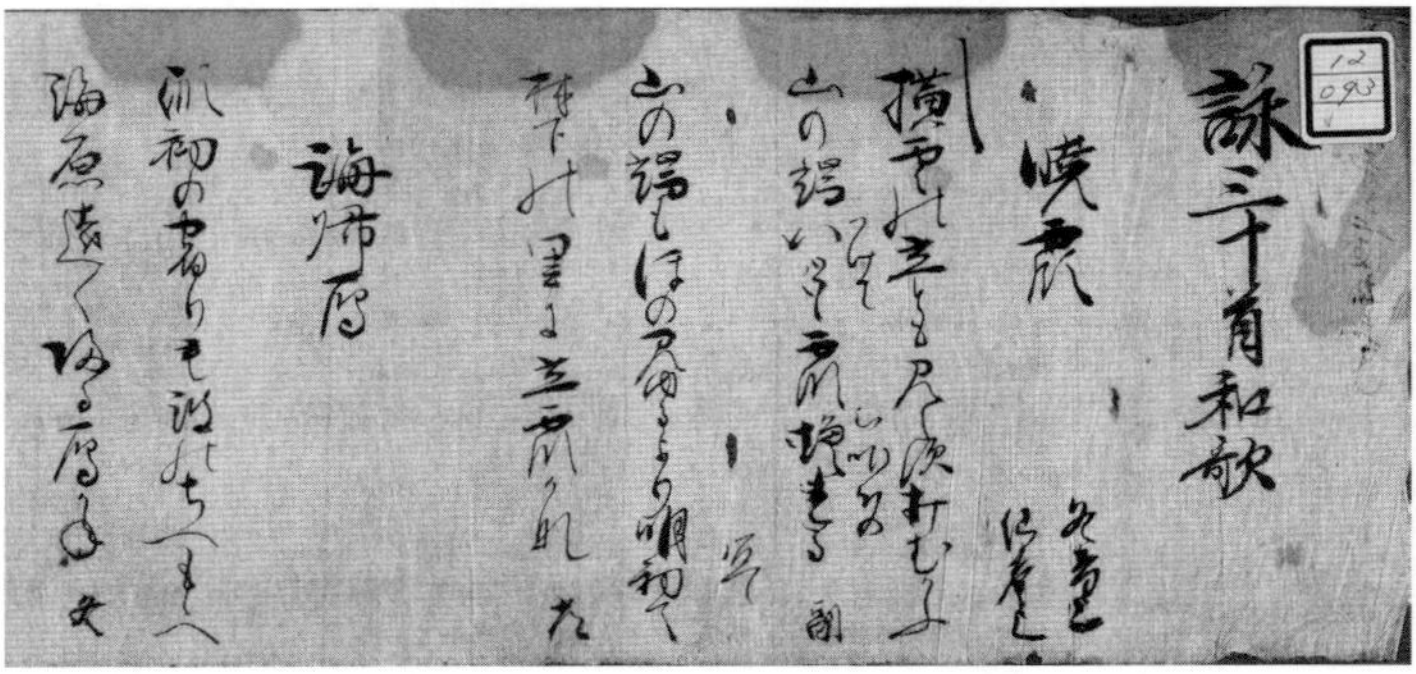

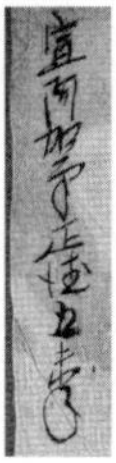

（端裏）

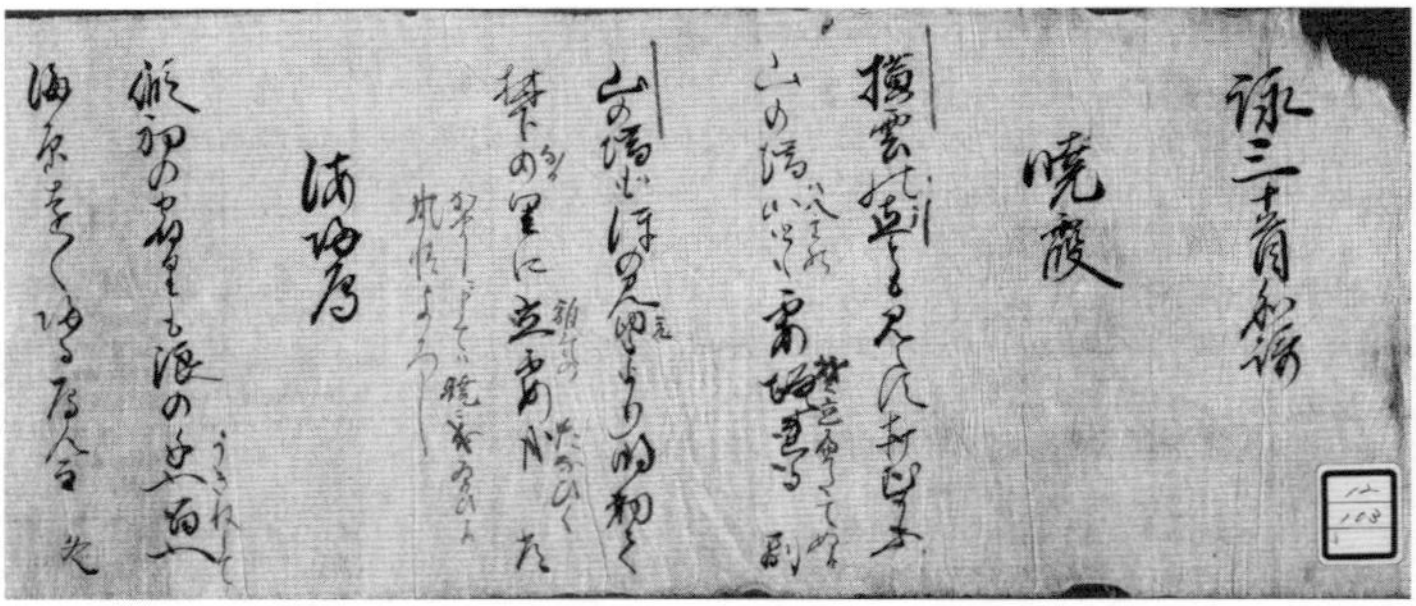

（端裏）〔破レ〕

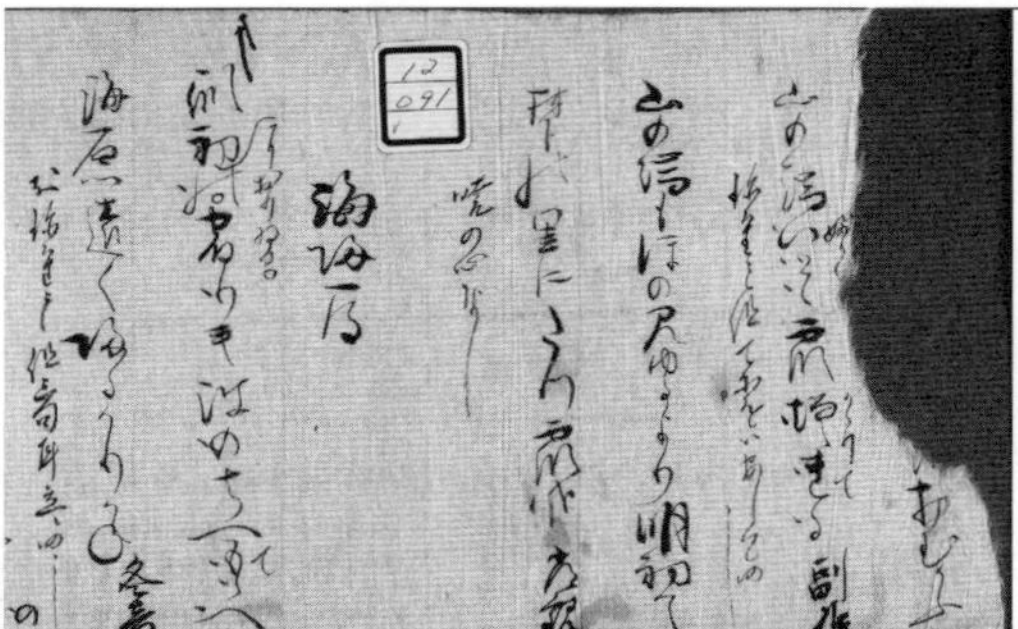

〔破レ〕

図35　【A】（ア）⑨「副雄等和歌三十首」（香川宣阿点）巻頭
（ウ）④「副雄等和歌三十首」（金勝慶安点）巻頭
（オ）②「副雄等和歌三十首」（水田長隣点）巻頭

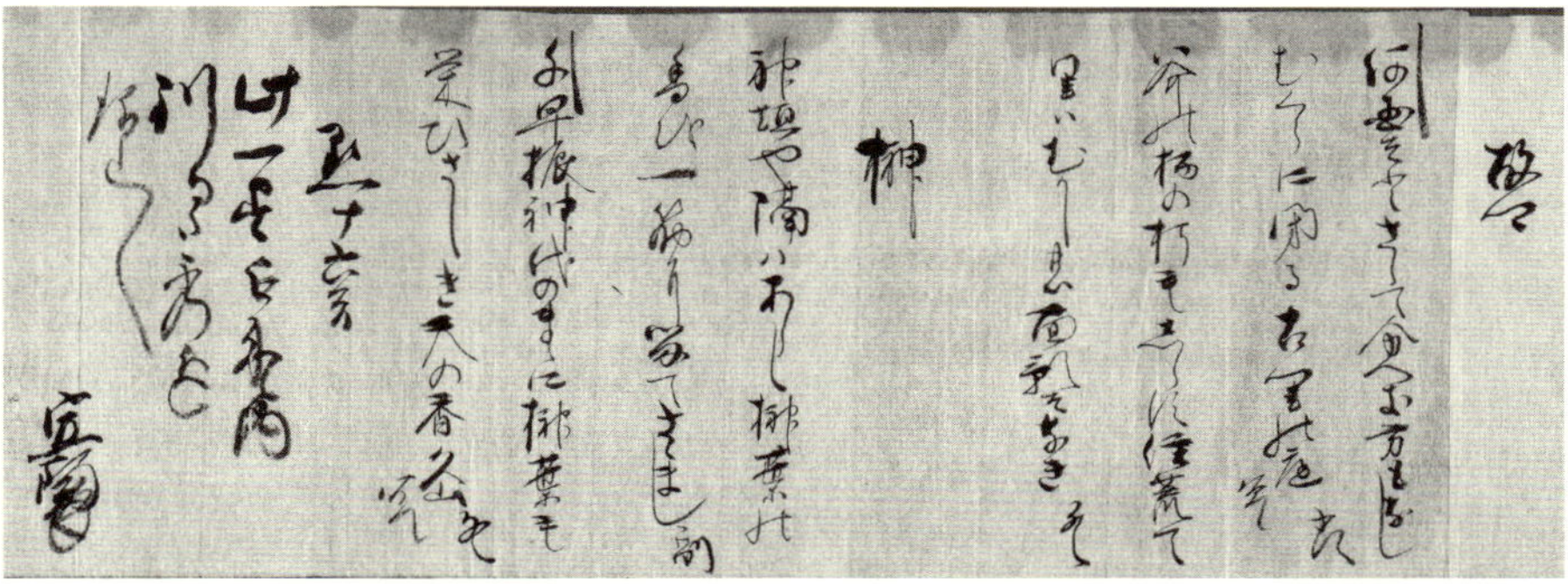

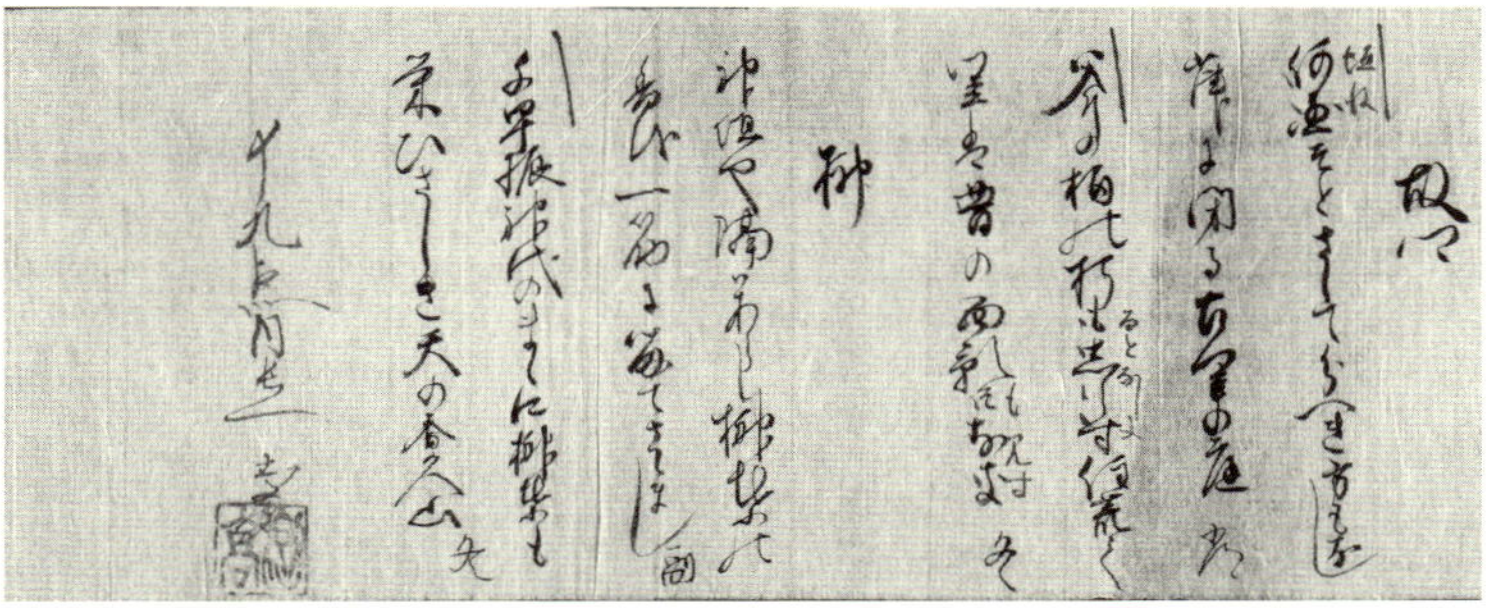

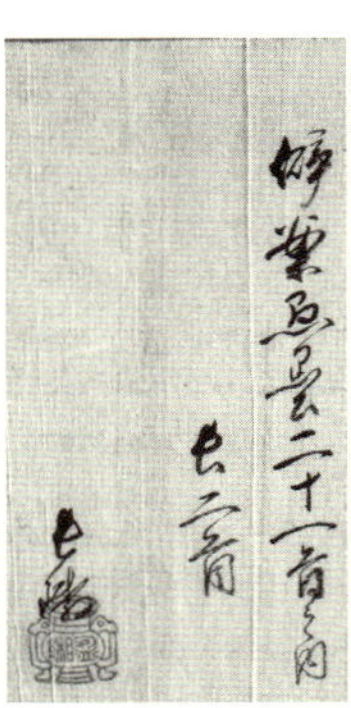

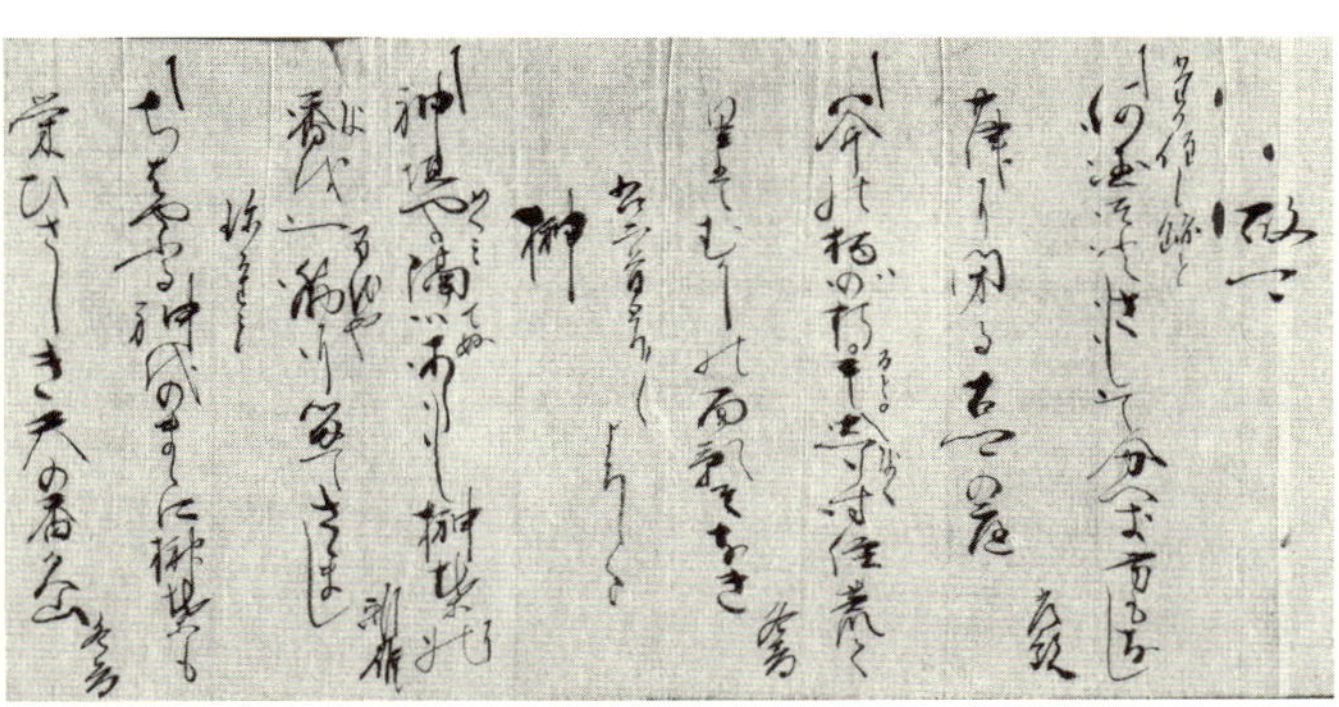

図36　【A】（ア）⑨「副雄等和歌三十首」（香川宣阿点）奥
（ウ）④「副雄等和歌三十首」（金勝慶安点）奥
（オ）②「副雄等和歌三十首」（水田長隣点）奥

慶安（朱文方印「郷／高」）

宣阿（花押）

長隣（茶文鼎印「盈／緗」）

図37 【A】（原寸大）

（ウ）金勝慶安点④　＊慶安七十歳　慶安による添削と奥は朱書

端裏「□〔破レ〕勝慶安加筆正徳五未年」

奥「十九点内長一　慶安（「郷／高」印）」

（オ）水田長隣点②　＊長隣五十代後半

端裏　巻首に欠損があるために不明

奥「僻案愚墨二十一首之内／長二首／長隣（「盈／細」印）」

Bは、享保元年（一七一六）から享保二年にかけての「冬音和歌二十首」。二十題二十首。題の構成は変則的で、夏十題（すべて為忠家《ためただけ》初度《しょど》百首題）、恋・雑各五題。宣阿・長隣の両師が添削した（図38）。合点は、宣阿十一首、長隣十四首（うち長点二首）。

（ア）香川宣阿点⑬　＊宣阿七十歳

端裏「享保元年申ノ七月日梅月堂加筆」

奥　なし

（オ）水田長隣点④　＊長隣五十代後半

端裏「丁酉夷則水田不遠斎長隣加筆」

奥　「僻墨十四点之内／長二首（「盈／細」印）」

「丁酉《ていいう》夷《い》則《そく》」は享保二年七月なので、両詠草が冬音の手許に戻ってきた時期に

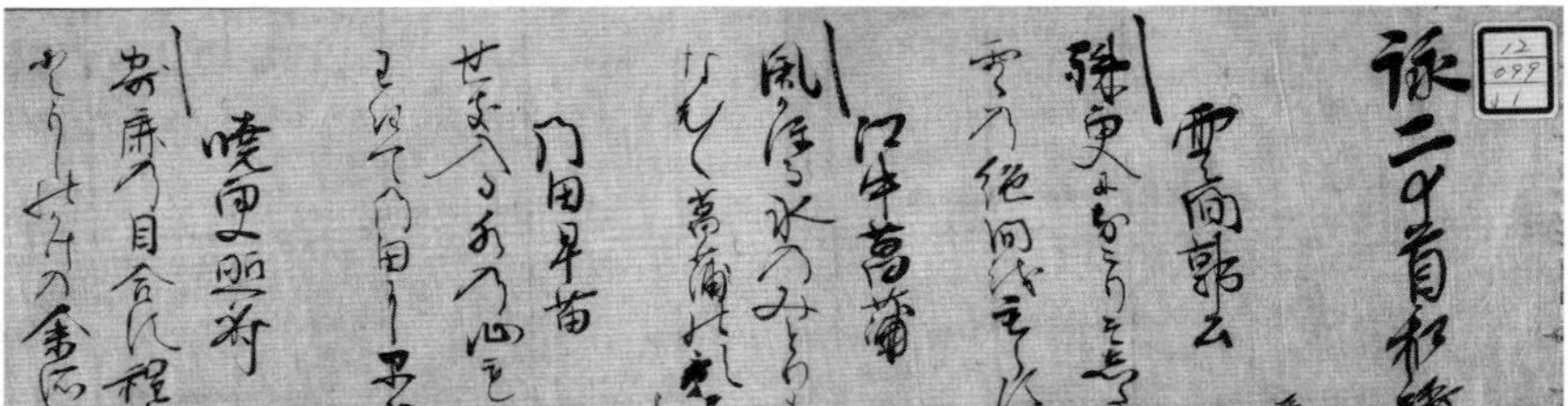

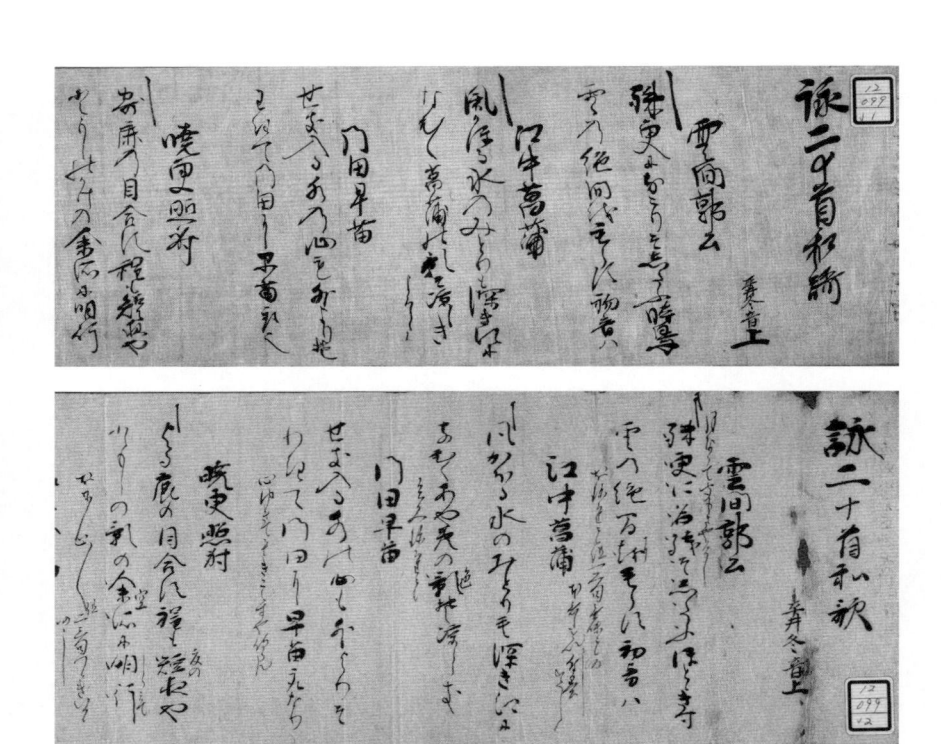

図38　【B】（ア）⑬「冬音和歌二十首」（香川宣阿点）巻頭
（オ）④「冬音和歌二十首」（水田長隣点）巻頭

はちょうど一年のズレがあるが、その理由は不明。

同じ作品を点者はそれぞれどう添削したか

それでは、個々の添削の例を吟味してゆこう。その際、各点者の添削のさまが一覧比較できるように、原歌の本文はA・Bともに宣阿点の詠草のそれに拠り、点者ごとに添削後の新しい和歌本文を併記した。

まずはAの巻頭歌から。

A1　　　暁霞《あかつきのかすみ》　　　副雄
横雲の立《たつ》とも見えず打《うち》むかふ山の端《は》いとゞ霞増《まさ》れる
【宣】○横雲の立とも見えず打むかふ山の端かけて霞む明ぼの
〈宜候《よろしく》〉
【慶】○横雲の引《ひく》とも見えず山の端は八重の霞ぞ立へだてぬる
【隣】〔一、二句欠〕打むかふ山の端ふかく霞かゝりて
〈珍重に候。但てにをは、あしく候。仍《よりて》――〉

作者の副雄は山本氏（四十三歳）。原歌は、本来夜明け方時分にたなびく横雲を

かき消すほどの茫々《ぼうぼう》たる霞を詠じたもの。歌題を相応によみこなしているものの、一読して下の句の表現が説明的で堅く、詠草の巻頭歌▲としてはやや稚拙というほかない。添削は三様を示すが、やはりどれも下の句を改める。宣阿は「山の端かけて霞む明ぼの」と直して合点を付し、慶安は一首全体を改作した上で合点を与えた。長隣は「山の端ふかく霞かゝりて」と直した。改作の姿勢はそれぞれであり、宣阿は歌題の持つ景の広がりを、長隣は景の奥行きを上手に引き出したが、一方、慶安のは少しく説明的な印象を引きずったものとなった。なお、長隣が、その評語中に「てにをは」のまずさを指摘するのは、下の句を指してのものと思われる。この場合「てにをは」とは、語の切れ続きを含んだ表現のありようをいうのだろう。『春樹顕秘抄《しゅんじゅけんぴしょう》』▲巻頭の一文——凡《およそ》和歌は、詞をもて色見えぬ心の種を述侍《のべはべ》る事なれば、てにはを肝要とす（いったい和歌というものは、詞を使って心を表現するものだから、助詞や助動詞等が重要だ）——が思い合わされる。

右のように、長隣の評語はおしなべて宣阿や慶安のそれに比して丁寧であり、問題のありかを指摘して具体的である。次もまたその例。

A3　海帰雁《うみのきがん》　冬音

仮初《かりそめ》の宿りも波のちへもゝへ海原遠く帰る雁がね

巻頭歌　歌集または部立《ぶだて》（春部・恋部など）の冒頭の歌のこと。巻頭歌によって、その歌集全体の趣きが印象づけられるため、特に留意された。これは「詠草」のため重みが異なるものの、やはり相応に留意したいところである。

『春樹顕秘抄』　江戸期成立の歌学書。『歌《か》道《どう》秘《ひ》蔵《ぞう》録《ろく》』を基盤として平間長雅が改編し、自門の伝授の重要な書目とした。冬音も享保三年（一七一八）十二月に長隣から本書を授与された。

【宣】
【慶】 仮初の宿りも浪のうきねして海原遠く帰る雁がね
【隣】 ◎仮初におりゐる宿も波ぢへて海原遠く帰るかりがね
〈尤《もつとも》珍重に候。但三句、耳立《みみにたち》候。仍――〉

春になり北国へと帰ってゆく雁の姿を、広大な海原の中に捉えた大ぶりの作品で、平明な歌語を穏やかに並べているあたり、いかにも歌歴の浅い冬音らしい一首である。第二句の掛詞《かけことば》▲の使用（宿りも「な（無）み」）にわずかな技巧が見出されるものの、『後拾遺集』の一首「薄墨《うすずみ》にかく玉梓《たまづき》と見ゆるかな霞める空に帰るかりがね」▲（春上・七一・津守国基《つもりくにもと》）以来、使い古されてきた結句「帰る雁がね」の語で一首を結ぶなど、いかにも素直な詠みぶりだ。三者のなかで唯一評語を付した長隣は、第三句が耳障りなのだと指摘する。確かに「ちへも〻へ」は『万葉集』に一例（二九一〇）▲があるのみの珍しい措辞《そじ》▲であり、一首の中での落ち着きの悪さを嫌ったのではないかと思われる。慶安は評語を残さないが、同様の趣旨に基づいての改作であろう。長隣、慶安とも、改作後はいっそう平明な叙景歌となった。長隣はさらに長点をもかけたが、宣阿は原歌のまま全く手を加えていない。

掛詞 懸詞《かけことば》とも。修辞法《しゅうじほう》の一つ。「松」に「待つ」をかけるように、同音異義語を用いて二様の意味を持たせる技法。

薄墨にかく玉梓と…… 歌意は、薄墨の紙に書いた手紙のように見えるよ。霞んでいる空を帰ってゆく雁の姿は。

『万葉集』二九一〇番歌 「心には千《ち》重《へ》に百重《ももへ》に思へれど人目を多み妹《いも》に逢はぬかも」（巻第十二）。歌意は、心には千重にも百重にも思っているけれど、人目が多いので恋しいあなたに逢わずにいることだよ。

措辞 詩歌や文章などでの、文字の用法や辞句の配置の仕方のこと。

常観

〔海帰雁〕

A4 見送れば果《はて》しもあらぬ海原を雲にかくろひ帰る雁がね

【宣】○見送れば果しもあらぬ海原の雲の浪路を帰る雁がね

〈珍重〉

【慶】○見るからに果しもあらぬ海原を雲にかくろひ帰る雁がね

【隣】○見送れば果しもあらぬ海原の雲の波路を帰るかりがね

〈珍重々々。但下句、海のよせなし。仍——〉

作者の常観は平井氏の一族で、久左衛門《きゆうざえもん》意宜。前歌同様「海帰雁」を詠んだ叙景歌だが、宣阿と長隣の改作が果たして全く同じになった珍しい例である。改訂の理由を、長隣のみ「下句、海のよせなし」（下句に「海」の縁語《えんご》▲が見当たらない）と記す。実は第四句「雲にかくろひ」なる一句は用例一例のみの珍しい措辞《そじ》▲。そこを好意的に解釈すれば、雲にだんだんと隠れてゆく雁の姿が広大な景の中で印象的に詠み上げられているとも受けとめられようが、現実には、題は「帰雁」ではなく「海帰雁」である。宣阿改作の理由も長隣と同根であったろう。ひとり慶安は初句に手を入れるのみで評語も付さず、下の句と歌題との関係性にも説き及んでいないが、ともかくも三者揃って改作後の歌に合点をかけた。

縁語　縁《えん》の詞《ことば》・よせ・かけあひとも。修辞法の一つ。一首の中の語どうしが、掛詞などを介して連想による結び付きを生む技法。

用例一例のみの珍しい措辞　戦国武士板部《いたべ》岡江雪《おかこうせつ》（一五三七—一六〇九。小田原の北条氏政《うじまさ》の臣、のち豊臣秀吉のお伽衆《とぎしゅう》を経て徳川家康に出仕）の家集《かしゅう》『江雪詠草《こうせつえいそう》』Ⅱ（井上宗雄蔵）の七八番歌（題「遠山雪《とおやまのゆき》」）に「いつとてもまつとの山の色はみず雲にかくろひ雪にうづみて」と出るが、常観も長隣もこの所詠を知ることはなかったと見てよい。

彼らが共通して高い評価を与えるのはどのような歌なのか。ほぼ原歌のままに、三者揃って合点をかけてある歌を二、三まとめて引いてみよう。

〔水郷月《すいきやうのつき》〕　副雄
A14　眺《ながめ》やる水上《みなかみ》遠くてる月のひかりに下す宇治の柴ふね
【宣】○〈風景、宜候〉
【慶】○〈珍重々々〉
【隣】○〈よろしく候〉

行路紅葉《かうろのもみじ》　仙庵
A15　ちしほ迄染《そめ》し楓を分行《わけゆけ》ば袖さへ秋のいろに出《いで》けり
【宣】○ちしほ迄染し楓を分行ば袖さへ秋のいろに出ぬる
【慶】○〈宜候〉
【隣】◎〈珍重に候〉

（寒蘆《かんろ》）　冬音
A20　水鳥《みづとり》の床《とこ》もあらはに三嶋江《みしまえ》や霜枯《しもがれ》寒き蘆《あし》の村立《むらだち》
【宣】○〈宜候〉
【慶】○〈風情《ふぜい》、面白《おもしろく》候〉

【隣】○〈右二首〈A19とA20〉、とりどりよろしく候や〉

水上遠く照る月の光の中で宇治川を流れ下る柴舟に秋の一光景を捉えたA14、行路に発見された色濃き紅葉のけざやかさを印象的に叙したA15、そして三島江の冬枯れの蘆を取り巻く寂々たる風景を詠んだA20。右三首、いずれも奇異なる措辞を使わず、つづけがらに無理なところがない平明な叙景歌である（A15も、行く人〈主体〉までも景物化した叙景と見る）。「風景、宜候」（A14宣阿）とか「風情、面白候」（A20慶安）などの評語も示唆的で、この場合「風景」は『毎月抄《まいげつしょう》』▲に出る「景気▲」の意に近かろうし、慶安の使う「風情」の語もまた、景気をよりどころとした趣向や情趣の意に解される。またさらに他所に出る長隣の評語にも、「景気ありて尤も珍重に候」（A6）、「景気よく珍重に候」（B10）などとあることどもをかれこれ勘案すれば、どうやら彼ら三人は、一定の情趣を漂わせる叙景歌に対しては、総じて高い評価を与えていた如くである。

翻って評価の低い歌はどうか。用語法やつづけがらに関して苦言を呈するものを取り上げてみよう。最初は制《せい》の詞《ことば》の問題。

『毎月抄』　鎌倉初期成立の歌論書。藤原定家著か。自ら歌体を十に分類し、特に有心体《うしんてい》を重視する。江戸期には、『和歌六部抄《ろくぶしょう》』（承応頃〈一六五二―五五〉刊）と『和歌古語深《こごしん》秘抄《ぴしょう》』（恵藤《えとう》一雄《かずお》編、元禄十五年〈一七〇二〉刊）にそれぞれ所収されて、流布した。

景気　景色。眺望。有心に対立する概念。

閑庭露《かんていのつゆ》　常観

A11 夫《それ》かとも問《とは》れぬ庭は秋草に心のまゝの露のゆふ暮《ぐれ》

【宣】〈「露の夕暮」、制の詞にてよまぬ事に候。制の詞の内、「雪の夕暮」「雨の夕暮」「露の夕暮」、よみ不申《まうさざる》よし〉

【慶】○夫かとも問れぬ庭は秋草にを《（お）》きしをまゝの露の夕暮
〈古歌取《どり》、面白候〉

【隣】○夫かとも問れぬ庭の秋草に心のまゝの露ぞ置ぬる
〈尤甘心《かんしん》に候。但結句《けつく》、用捨《ようしや》の事に候。仍――〉

時は秋の夕、荒寥たる庭の草に存分に置く露を詠じた一首である。いみじくも慶安が「古歌取」を指摘するように、この歌の趣意を支えると思しい本歌《ほんか》は「庭の面《おも》にしげる蓬《よもぎ》にことよせて心のままにおける露かな」（新古今集・秋下・四六七・藤原基俊《もととし》、詞書「閑庭露しげしといふことを」）という勅撰歌。庭上に繁茂する蓬にかこつけて露のしげきさまを詠ったもので、作者常観としても、「心のまゝの露」という措辞にその作為をしのばせたのであろう。だが、いま問題なのは結句。宣阿と長隣が揃って指摘するように、「露のゆふ暮」は制の詞であった（長隣は「用捨の事」と述べるが今は問題としない）。ここで思い起こされるのは、宣阿の師清水谷実業《さねなり》が、

庭の面にしげる蓬に…… 歌意は、庭上に繁茂している蓬にかこつけて、それまた存分に置いている露だなあ。

勅撰歌 勅撰集に入集《にっしゅう》している和歌の謂《い》い。

制の詞 六一頁上欄注参照。

次に被申《まうさる》、「露のゆふぐれ」は制の詞なれども烏丸資慶《からすまるすけよし》の歌に、

　秋風に桐の一葉《ひとは》のそれならでもろきなみだの露のゆふ暮▲

後水尾院勅諚《ちよくぢやう》にて御免《おゆるし》ありし也。すべて沙汰《さた》ある詞はよまざるがよき也。

（『清水谷大納言実業卿対顔《きやうたいがん》』▲）

として、例外はあるが読むべきではないとの立場を示していたことであり（実際には若干の用例が存在するが、少なくとも勅撰集には見出されない）、また長隣自身による「「雪の夕暮」「露の夕ぐれ」「雨の夕ぐれ」などは、制詞になる程の事なれば金玉《きんぎよく》と見えたり。それをうらやみて「何の夕ぐれ」などたゞみよまば、いりほ▲がなる詞出来《いでく》べし。さるによりて、きらはれしと見えたり」（『詠歌大本秘訣《えいがのおおもとひけつ》』▲「嫌《きらい》詞《ことば》」）との発言である。相手が初学者であることを考慮しておく必要があるが、ともかくも制の詞をめぐって、前代の遺制を遵守しようとする点者側の姿勢が確認できよう。なお、慶安が制の詞を指摘しない理由はわからない。

秋風に桐の一葉の……　確かに、資慶の家集『秀葉集《しゆうようしゆう》』（奏覧本《そうらんぼん》・初撰《しよせん》本《ぼん》・別本《べつぼん》）には収載されていない。

『清水谷大納言実業卿対顔』　江戸期成立の歌論書。全一二六条。清水谷実業述・次雄聞書。元禄七年（一六九四）から同十年（一六九七）まで、実業四十七歳から五十歳にかけての言説を収めたもの。

いりほが　歌論用語。趣向が過ぎて難解になったり嫌味になったりすること。

『詠歌大本秘訣』　江戸期成立の歌学書。望月長孝著。平間長雅――有賀長伯へと伝えられた秘伝書で、冬音も享保五年（一七二〇）十月に長隣から本書を授与された。

B16　　暁遠情《あかつきのえんじやう》　　〔冬音〕

哀《あはれ》しる唐土人《もろこしびと》のこゝろまでね覚《ざめ》もよほす袖の泪《なみだ》に

【宣】〈「ね覚」、題にてはよみ候。うたは四十歳以上にてよみ候〉

【隣】〈下句、上にとりよらずや〉

旅泊梦《りよはくのゆめ》　〔冬音〕

B19 草枕結びもはてず故郷《ふるさと》は夢にも猶《なほ》や遠ざかるらん

【宣】○草枕結びもはてず故郷は夢にさへ猶遠ざかり行《ゆく》

〈珍重〉

【隣】〈「夢」の字歟《か》。「梦」の字、題書に見えず。題の文字には異体《いたい》なし〉

寄灯恋《ともしびによするこひ》　仙庵

A25 窓しろく明行閨《あけゆくねや》にともし火のきゆる斗《ばかり》の思ひをぞする

【宣】○

【慶】○窓に入《いる》風ならなくも灯のきゆるばかりの思《おもひ》をぞする

【隣】○下待《したまち》て明行閨のともし火のきえなでかゝる思《おもひ》をぞする

〈尤甘心に候。但「窓」「閨」、重畳《ぢゆうでふ》候、いかゞ。仍——〉

この三例はそれぞれ、歌語「ねざめ」の使用法、異体字の書記法、ことばの重畳に言及したもの。いずれもやはり用語用字に関わる問題である。歌語としての「ねざめ」が不惑を越えねば詠むべきではないことは、例えば清水谷実業の『等《とう》

『**等義聞書**』　江戸期成立の歌論書。清水谷実業述・中川等義《とうぎ》聞書。全七十七条の小冊ながら、実業による地下門人に対する歌道教授の様子が具体的に知られる。

義《ぎ》聞書《ききがき》』▲にも「問、「寝覚」と申事は四十未満の者申間敷《まうすまじく》や。答、いはぬ也。うはさにいふ。又は「月さめて」などいふて置也《おくなり》」と記される。「題の文字には異体なし」との所説を載せる他の文献を知らないが、いずれ二条派の行き方か。ことばの重畳を忌避せよとの主張は、右の他にも「叢中蛍火《そうちゆうのほたるび》」題の冬音歌「夏草の茂き思ひのむねの火もこがれていとゞよるほたる哉」（B７）に対する長隣の評語中に「二、三句、重畳に候歟」と出る。同意あるいは同語の繰り返しは、素朴なレベルにおいて往々にして詠まれることがある。そこを戒めたのであろう。

Ｂ４　　暁更照射《げうかうのともし》　〔冬音〕

寄鹿《よるしか》の目合《あは》す程も短夜やともしのかげの余所《よそ》に明行《あけゆく》

【宣】○

【隣】○よる鹿の目合す程も夏の夜やともしの影の空にしらみて

〈尤甘心々々。但二、三句つゞき、いかゞ。仍――〉

夏の短夜、鹿猟のための照射《ともし》の火影がその夜の短さゆえにたちまちに白んでゆくさまを詠う。掛詞（「短」）の単純にして明快な使用がかえって初心の潔さを示していて、宣阿がただ黙って合点を付したのも何となく理解できよう。一方長隣は、どうしてもそれが許せなかったらしく、「二、三句つゞき、いかゞ」と断じて三句目以降を改めた。改作歌は、あえて「短」の語を置かずに、「夏の夜」の語を以てその短さを暗示させている。なお評語「甘心」は結構ですとの意で、長隣の頻用語である。

次は、つづけがらに関する批評。

夕幽思《ゆふべのいうし》　〔冬音〕

B17　物おもひに猶も立《たち》まふうき雲の夕《ゆふべ》をいとふ行末《ゆくすゑ》の空

【宣】

【隣】何となく立《たち》まよふ空の浮雲に夕はいとど物をこそおもへ

〈是又珍重に候。但つゞけがら、いかゞ。仍――〉

ある夕、空に舞い乱れる浮雲によせてその憂き物思いを静かに詠みなした歌だが、例によって宣阿は一切添削を加えない。長隣は「是又珍重」と一応断りながらも、そのつづけがらに疑問を投げかけて一首全体をすっかり改めた。具体的な不審の箇所は記されないが、初句の字余り、「猶も」の語の不安定さ、「うき」と「いとふ」の連接の低次元性、さらには主体の不明瞭さなどなど、疑義ある点は多々認められよう。改作後の歌は、原歌に使われた歌語を尊重しつつ、初句から一気に詠みおろして一首によどみない流れを紡ぎ出すのに成功している。「夕はいとど物をこそおもへ」という下の句の直接的な表現が、「幽思」の主体を鮮明にさせたところも見逃せない。

> A13　　　水郷月《すいきやうのつき》　　　　　　　仙庵
> 澄月《すむつき》の影を移して水瀬（ママ）川波の底にも秋のいろ哉
> 【宣】〈結句、いかゞ〉
> 【慶】
> 【隣】〈家隆《いえたか》卿、「湖《にほ》の海や月の光のうつろへば波の花にも秋は見えけり」▲。心かはらずや〉

一首の趣意は、水無瀬《みなせ》川の波底に照り射す月の清浄なる光に、明確な秋の気配を感じ取ったというもの。月のもつ清澄美は相応に示されたが、長隣は、藤原家隆の新古今歌（秋上・三八九、詞書「和歌所歌合《わかどころうたあはせ》に、湖辺月《こへんのつき》といふことを」）を指摘して「心かはらずや」と難じた。『詠歌大概《えいがのたいがい》』▲冒頭の言説を持ち出すまでもなく、新鮮な詩情を捉えることは詠歌において何よりも大切なことであり、ここには、

湖《にほ》の海や月の光の……　歌意は、鳰《にほ》の海（琵琶湖）よ。そこに月の光が映ると、かの「秋なかりけり」（「草も木も色変はれどもわたつ海《うみ》の波の花にぞ秋なかりける」『古今集』秋下・二五〇・文屋康秀《ふんやのやすひで》）と歌われた波の花にも秋の風情は確かに感じられるよ。

『詠歌大概』　鎌倉初期成立の歌論書。藤原定家著。漢文体の歌論と「秀歌体大略《しゅうかのていたいりゃく》」と題する秀歌例で構成され、定家晩年の和歌観を簡潔に示す。江戸期には、『三部抄之抄《さんぶしょうのしょう》』（寛永十五年〈一六三八〉刊）と『和歌七部之抄《しちぶのしょう》』（承応元年〈一六五二〉刊）にそれぞれ所収されて流布した。冒頭には「情《こころ》は新しきを以て先《さき》となし、詞《ことば》は旧《ふる》きを以て用《もち》ゆべし。風体《ふうてい》は堪《かん》能《のう》の先達《せんだつ》の秀歌に効《なら》ふべし」（歌のこころ〈内容〉は何よりも新鮮な詩情を捉えるべきであり、歌のことば〈表現〉は古歌のそれを用いるべきだ。歌の姿〈さま〉は上手な歌人の秀歌を手本にしなさい）と、作歌の際の原理が示される。

先述した…… 六二頁参照。

古歌の心そのままの歌がらを断ずる、長隣の明快な姿勢が窺えよう。また、宣阿の指摘の通り、原歌は明らかに結句がぎこちなく感じられる。だが、宣阿は改作を示すことはしない。これまでも見てきたように、総じて、宣阿の添削にはややぞんざいなところがある。思うに、冬音はその点を不満に感じていたのではなかったか。先述した師の乗り換えの主要因がそこにあった蓋然性は高いと思う。

以上述べ来たったところを含めて、最後に、改めてA・B双方を見渡して、彼らの添削のあり方をまとめてみよう。

宣阿は、風景よろしき歌を評価し、逆にこなれぬ措辞、制の詞、歌語の不適切な使用を戒めた。慶安は、風情よろしき歌、風情おもしろき歌、巧みな本歌取りの歌を評価したが、歌題の未消化、心ふるき表現のさまを嫌った。長隣は、景気の備わる歌や一体《いってい》やさしき歌に高い評価を寄せる一方、「てにをは」や「つづけがら」の悪しき歌、耳に立つ措辞、制の詞、ことばの重畳、不用意な字余り、歌題の未消化、平板な表現、古歌そのままの歌がらなどに対して注意を促した。添削の具体性ということでは、宣阿・慶安の簡に対して長隣の繁という事実がある。

おわりに

本書で綴ってきたのは、江戸時代に脈々と息づいていた〈みやび〉の種々相のひと齣《こま》である。

平井冬音《ふゆね》は、美濃の山隘加治田《かじた》で、遠く京都の歌学者に師事してコツコツ実作の鍛錬を積んだ。先生の的確な指導によって生き返った自分の作品に驚き、先生の批語によって和歌の要諦を具体的に学び、そうして自分がほんの少しずつ上達してゆく実感を噛みしめていた。平井家には初祖信正《のぶまさ》以来の文之字屋《ぶんのじや》文芸の伝統があり、また丈草《じょうそう》門の俳人であった父丹芝《たんし》（第七代吉音《よしね》）の影響もあった。その学びは真摯なものであったが、時に近隣の仲間たちと点取和歌《てんとりわか》を楽しむこともあった。冬音は、たどたどしかった素人の手すさびが斧正《ふせい》されて着実に向上してゆくことに、ささやかな幸せを感じていたに違いない。そこには、（しばしば現代で言われる）「役に立つかどうか」というようなちっちゃなモノサシなど存在しない。これをしも豊かというのであろう。

元禄（一六八八―一七〇四）の昔、和歌はどこまでも堂上《とうしょう》（天皇および公家）のものであり、その堂上に直接の就学がかなわなかった大多数の地下《じげ》（武家や町人、僧侶、神官など）は、次善の方策として、堂上の直門を名乗る専門歌人（上方地下《かみがたじげ》）の指導を受けることで歌道精進に勤《いそ》しんだ。

彼らは飛脚便を利用して自分たちの詠草を京へ送った。すると数か月ののち、「よろしく候」「珍重に候」などの褒詞《ほうし》、もしくは「風体《ふうてい》悪し」「心良からず」などの批語《ひご》を伴った、詳細な添削の施された詠草が戻ってくる。この「通信添削」という方法により、地方の武家や在地資本家は、（俳諧でも川柳でもなく）ほかならぬ和歌に出精する術《すべ》を手に入れた。それも、公家直門の京都の先生に、最新かつ最高の和歌を学ぶことができたのである。

もっとも和歌の場合、あくまでも伝統的な、二条派のそれを良しとするものだから「最新」という言い方は必ずしもなじまないのだが、ともあれ彼らは、都への憧れを胸に秘めて和歌に精励した。文化（和歌）はこうして中心から周縁へと波及していき、〈江戸のみやび〉は静かに各地に広がっていった。

堂上から地下へ、地下から地方へ——。

この新しい見取り図は、私たちにたくさんのことを教えてくれる。例えばこういうことである。彼らの熱心な学びは、それぞれの階層の知的レベルを着実に押し上げた。従来それは、主に国学▲という領域が江戸後期に至って果たし得たことだと言われてきたが、それよりも相当早い時期に、上方地下が介在することによ

国学　その始発を契沖《けいちゅう》とみて元禄期以降に形をなすものと捉えるのが一般的だが、和歌を主対象として地方の庶民層の知的基盤の問題を考える際には、やはり江戸後期（十九世紀）の本居宣長《もとおりのりなが》や香川景樹《かがわかげき》の門流を想定するのが通例である。

って、全国さまざまの地域で、こうした知的基盤は徐々に醸成されていったとみるべきだ。

今も各地で編刊される県市町村史の文化史の巻は、特に和歌の場合、おおむね鈴門《れいもん》（本居宣長門）や桂門《けいもん》（香川景樹《かげき》門）、あるいは藩校・私塾を軸に記述される。それは、資料の残存状況に鑑みれば仕方のないことなのだが、少なくとも上方地下の勢力が浸透した地域（尾張・美濃・伊勢・備前岡山など）では、もっと遡って記述することが可能である。文化史の空白を埋める、江戸時代における〈上方地下の功績／二条派のちから〉を過小評価してはならない。

あとがき

江戸のタイムカプセル——こんなお宝があったなんて。

指導する側の作法の実際は、それぞれの添削の現場《げんじょう》に参入《さんにゅう》すればある程度は引き出すことが可能だが、素材（対象作品）が同じならば比較がたやすくなり、点者ごとの特質が端的に浮かび上がる。

本書は、かつてしたためた「元禄の添削」（初出二〇〇五年。のち『近世和歌史の研究』〈角川学芸出版、二〇一三年〉所収）なる研究論文をベースとしている。その概要は、論文公表後も、折々の授業や地元岐阜県富加町《とみかちょう》での文芸講座、俳人の皆さまを対象とした「七夕まつり」（東京四季出版主催、二〇一九年七月七日）での公開講演、はたまた北米での和歌ワークショップ（「The Correction and Critique of *Waka* as Practiced in the Edo Period」イリノイ州立大学アーバナ・シャンペーン校、二〇一八年八月十七日）などで紹介し、その都度小さな驚きとともに迎えられた。そうして、この平井冬音《ふゆね》らの〈ものがたり〉を、もっとたくさんの方々に知って欲しいとの思いが強くなった。

冬音らの歌学びの心性もさることながら、点者側の事情も実に興味深い。彼らは、専門歌人として自らが和歌を詠むことこそが大事だったはずだが、その一方で、たづきとしての門流の確保拡大は戦略上の重要課題でもあった。だから指導に対する情熱とスキルは常に求められたし、その欠如は地下《じげ》宗匠《そうしょう》としては致命傷になりかねなかった。そう、しくみは茶道や花道など他の芸道とおんなじなのだ。江戸は案外近いのである。

また、平井家歴代当主が、近隣の人びととともに学びを深め楽しんでいたことも注目に値する。それはいわば三百年前の「加治田における地域貢献」とも捉えられるからだ。いみじくも彼らは、文芸の社会的価値を自ら具現していたのである。

富加町にはかつて文献調査のために幾度も通ったが、そのたびに、町の歴史家の先達はさまざまなことを教えてくださった。三年にわたる特別展示会（二〇〇六〜二〇〇八年度）や『広報とみか』『中日新聞』への寄稿も印象深い。今こうして振り返ってみると、町に育ててもらったことを実感する。

一九九九年六月に初めて富加町郷土資料館を訪ねて以来、富加町教育委員会の島田崇正《たかまさ》文化財専門官（現富加町郷土資料館長）は長きにわたってわたくしどもを導いてくださり、今に至る。平井家御当主故平井清氏、その実姉故吉永博子氏、松井屋酒造資料館の酒向嘉彦《さこうよしひこ》氏、ともに文献調査にあたった故上野洋三（大阪女子大学名誉教授）・中川豊（中京大学）・加藤弓枝（名古屋大学）の諸氏、さらに本書をまとめるにあたり御懇篤なる御教導を忝くした小林健二（国文研名誉教授）・堀川貴司（慶應義塾大学附属研究所斯道文庫長）の両氏に、衷心より御礼を申し上げる。

文献調査当時の筆者は金城学院大学（名古屋市守山区）に奉職していたが、このような、地域でのささやかな仕事の基盤に国文研創設以来の基幹事業（調査収集）があることを明記しておきたい。また、国文研の基幹研究「近世における蔵書形成と文芸享受」（代表大高洋司〈現国文研名誉教授〉、二〇一一―一三年度）の一ブランチを構成した富加チームのメンバー各位（伊藤善隆〈立正大学〉・大谷節子〈成城大学〉・加藤弓枝・中川豊）にも改めて感謝したい。国文研では、いよいよ今年度から、大規模学術フロンティア促進事業「データ駆動による課題解決型人文学の創成」（国文研ＤＤＨプロジェクト）がスタートした。本書でも「国書ＤＢ」で公開中の加点詠草のデジタルデータを利用しており、今後発売予定の本書の電子ブック版では、添削の様態を迫力あるカラー画像でお楽しみいただきたい。

なお本書は、人間文化研究機構の広領域連携型共同研究「異分野融合による総合書物学の拡張的研究」（代表木越俊介国文研教授）、および科学研究費補助金（国際Ｂ）「ＵＣＢ三井文庫の調査研究とその利活用による国際的研究拠点の構築」（代表神作研一【22KK0006】）の研究成果の一部である。

二〇二五年一月二十四日　葛飾八幡《かつしかやわた》の荷風《かふう》の里にて

神作《かんさく》　研一

主要参考文献

本書は、神作研一著『近世和歌史の研究』（角川学芸出版、二〇一三年）所収「元禄の添削」（初出二〇〇五年）および加治田文芸資料研究会編『美濃加治田平井家文芸資料分類目録』（富加町文化財調査報告書22、富加町教育委員会、二〇〇五年）所収「解題（Ⅱ）文之字屋美濃平井家の文芸活動の諸問題」（神作執筆）をベースとし、なお以下の諸論考を適宜織り込んでまとめたものである。

和歌文学会出版企画委員会編『和歌のタイムライン―年表でよみとく和歌・短歌の歴史』（三弥井書店、二〇二一年）所収「近世　概説」（神作執筆）
神作研一「点者としての水田長隣」（初出二〇〇八年）
――「金勝慶安の軼事」（初出二〇〇七年）（ともに『近世和歌史の研究』所収）
――「江戸時代の和歌添削」（『中日新聞』二〇〇六年十一月九日付夕刊）
――「江戸のみやび　庶民の歌学び」（『中日新聞』二〇一三年六月七日付夕刊）

◆平井家資料に関わる参考文献（緩やかな刊行年次順）

市橋鐸著『元禄加治田俳人の発句抄』（加治田小学校刊、一九三二年）
『富加町史』下巻「通史編」第五章第六節「近世における文芸」（丹羽平一執筆。一九八〇年）
上野洋三「平井家旧蔵春帖等一覧」「同　追加」（『大阪俳文学研究会会報』二九号、一九九五年十月。同誌三六号、二〇〇二年十月）
日下幸男著『近世古今伝授史の研究　地下篇』（新典社、一九九八年）
上野洋三「近世成立の歌枕」（久保田啓一編『柳川文化資料集成1　鶯歌集』「月報」、一九九八年）
――「文芸愛した美濃・平井家」（『中日新聞』二〇〇一年十二月四日付夕刊）↓『美濃加治田目録』に再録
中島勝國編『加治田大嶋氏地詰役人『御用状控』（一）～（七）』（富加町文化財調査報告書9～15、富加町教育委員会、二〇〇〇～二〇〇一年）
上野洋三・神作研一「文之字屋文芸資料（一）～（八）」（『広報とみか』三三五～三四六号、二〇〇一年十一月～二〇〇二年十月）
森芳郎編『往来の松』（岐阜新聞社、二〇〇二年）
田渕句美子「文庫紹介39　富加町郷土資料館」（『国文学研究資料館報』六一号、二〇〇三年九月）
中島勝國編『平井甚兵衛公寿日記（寛政十一・十二年）』（富加町文化財調査報告書19・20、富加町教育委員会、二〇

○四年）
川平敏文「徒然草講釈考―元禄期の指南書から」（初出二〇〇四年）（『徒然草の十七世紀―近世文芸思潮の形成』〈岩波書店、二〇一五年〉所収）
島田崇正「このまちこのかたち（一）～（三）郷土資料館文芸講座」（『広報とみか』三七二～三七四号、二〇〇四年十二月～二〇〇五年二月）
加治田文芸資料研究会編『美濃加治田平井家文芸資料分類目録』（富加町文化財調査報告書22、富加町教育委員会、二〇〇五年）
神作研一「元禄期歌人の添削資料」（『金城学院大学論集（人文科学編）』一巻一・二合併号、二〇〇五年三月）
――「金勝慶安加点詠草」（同誌三巻二号、二〇〇七年三月）
――「水田長隣加点詠草（上）（下）」（同誌四巻一号／二号、二〇〇七年九月／二〇〇八年三月）
――「香川宣阿加点詠草（上）（下）付、香川景新加点詠草」（同誌五巻二号／六巻一号、二〇〇九年三月／二〇〇九年九月）
西田正宏著『松永貞徳と門流の学芸の研究』（汲古書院、二〇〇六年）
加治田文芸資料研究会編『往来松詩歌』（富加町文化財調査報告書26、富加町教育委員会、二〇〇六年）
富加町郷土資料館展示リーフレット
『花開く加治田の文芸』（二〇〇六年）
『加治田の風雅―江戸の年賀状』（二〇〇七年）
『江戸のみやび―加治田・文之字屋・百人一首』（二〇〇八年）（加治田文芸資料研究会編、富加町教育委員会）
安藤剛著『富加の故事記―富加の歴史と文化財をたずねて―』（私家版、二〇〇七年）
川平敏文「〔翻刻〕徒然種講筵要集―享保の古典講釈マニュアル」（『国文研究』五三号、熊本県立大学、二〇〇八年五月）→前掲『徒然草の十七世紀』所収
加藤弓枝・眞野道子「富加町郷土資料館蔵『万葉集管見』―解題と翻刻（上）（下）」（『豊田工業高等専門学校紀要』四一／四二号、二〇〇八年十一月／二〇〇九年十一月）
中川豊「松浦寛舟の和歌指導と平井冬秀の享受―付・平井冬秀（見爾）略年譜」（日下幸男編『中世近世和歌文芸論集』〈思文閣出版、二〇〇八年〉所収）
――「平井冬秀紀行文『吾妻道の記』（影印・翻刻）」（『金城学院大学論集（人文科学編）』五巻二号、二〇〇九年三月）
富加町文化財審議会編『とみかの文化財』（富加町教育委員会、二〇一〇年）

図24　「副雄等和歌三十首」（香川宣阿点）巻頭　https://doi.org/10.20730/100201681

図25　同 奥　https://doi.org/10.20730/100201681

図26　「副隆等和歌百六十五首」（香川宣阿点）巻頭
https://doi.org/10.20730/100201876

図27　同 巻末　https://doi.org/10.20730/100201876

図28　『〔岡山神社〕丁酉日記』（岡山大学附属図書館池田家文庫蔵）享保２年（1717）６月23日条　https://doi.org/10.20730/100429410

図29　『保寿軒詠草』（〔享保頃〕写・横１冊、大阪公立大学杉本図書館森文庫蔵）巻末
https://doi.org/10.20730/100056233

図30　「副隆等和歌四十五首」（香川宣阿点）巻頭
https://doi.org/10.20730/100201875

図31　「好形等和歌二十三首」（金勝慶安点）巻頭
https://doi.org/10.20730/100201677

図32　「副隆等和歌四十五首」（高田嘉重点）巻頭
https://doi.org/10.20730/100201683

図33　「仙庵等和歌九首」（葆光堂点）端裏　https://doi.org/10.20730/100201699

図34　「冬音和歌十首」（有賀長伯点）巻頭　https://doi.org/10.20730/100201700

図35　【A】（ア）⑨「副雄等和歌三十首」（香川宣阿点）巻頭
https://doi.org/10.20730/100201681
（ウ）④「副雄等和歌三十首」（金勝慶安点）巻頭
https://doi.org/10.20730/100201690
（オ）②「副雄等和歌三十首」（水田長隣点）巻頭
https://doi.org/10.20730/100201679

図36　【A】（ア）⑨「副雄等和歌三十首」（香川宣阿点）奥
https://doi.org/10.20730/100201681
（ウ）④「副雄等和歌三十首」（金勝慶安点）奥
https://doi.org/10.20730/100201690
（オ）②「副雄等和歌三十首」（水田長隣点）奥
https://doi.org/10.20730/100201679

図37　【A】右上　宣阿（花押）　左上　慶安（朱文方印「郷／高」）　下　長隣（茶文鼎印「盈／細」）　＊原寸大

図38　【B】（ア）⑬「冬音和歌二十首」（香川宣阿点）巻頭
https://doi.org/10.20730/100201685
（オ）④「冬音和歌二十首」（水田長隣点）巻頭
https://doi.org/10.20730/100201686

掲載図版一覧　＊所蔵者の記載のないものは富加町郷土資料館蔵

図１　上　美濃国絵図（享和２年〈1802〉写・１舗）　岐阜県歴史資料館蔵
　　　　＊複製（岐阜県歴史資料保存協会、1990年）より転載
　　　下　加治田の位置　＊島田崇正富加町郷土資料館長作製

図２　大宝２年（702）御野国加毛郡半布里戸籍　正倉院宝物

図３　清水寺木造十一面観世音菩薩坐像　清水寺（岐阜県富加町）蔵

図４　富加町郷土資料館（外観）　写真提供　富加町郷土資料館

図５　『美濃加治田平井家文芸資料分類目録』（Ａ５判237頁、2005年）

図６　『俳諧恒之誡』（安永３年〈1774〉刊・半２冊）「白華山之図」　国文学研究資料館蔵　https://doi.org/10.20730/200034961

図７　同「清水寺円通閣奉納古額図」　https://doi.org/10.20730/200034961

図８　同「附録 竹珂園先代遺詠」　https://doi.org/10.20730/200034961

図９　〔天正四年八月十六日賦何木連歌五吟百韻〕（写１幅）

図10　〔観世流謡本〕　桐箱底面　https://doi.org/10.20730/100276885

図11　平井冬音和歌短冊

図12　『扇の伝』（正徳５年〈1715〉序刊・半１冊）　松井屋酒造資料館蔵　＊富加町郷土資料館寄託　https://doi.org/10.20730/100276876

図13　〔平井冬音・冬秀所持歌書箱〕

図14　『二条家和歌会作法秘伝』（享保７年〈1722〉写・１軸）奥書　個人蔵

図15　『往来松詩歌』（〔享保頃〕写・大１冊）　個人蔵

図16　『徒然種講筵要集』（〔享保頃〕写・大１冊）　松井屋酒造資料館蔵　https://doi.org/10.20730/100276873

図17　平井冬秀和歌短冊

図18　松浦寛舟和歌短冊

図19　『五儀之秘伝』（宝暦６年〈1756〉写・横１冊）奥書　個人蔵

図20　多色摺り詩箋　https://doi.org/10.20730/100201783

図21　〔平井冬秀家集〕（〔江戸中期〕写・大仮１冊）44丁ウラと45丁オモテ　https://doi.org/10.20730/100202157

図22　上　美濃派歳旦帖（早稲田大学図書館蔵）＊展示リーフレット『加治田の風雅』（加治田文芸資料研究会編、富加町教育委員会、2007年）より転載
　　　下　同（明和６年〈1769〉刊・横１冊）

図23　『茶湯附留記』（文化６年〈1809〉写・横大仮１冊）　https://doi.org/10.20730/100299351

神作研一（かんさくけんいち）

1965年、東京都生まれ。上智大学大学院文学研究科国文学専攻博士後期課程単位取得退学。博士（文学）。金城学院大学を経て、現在、国文学研究資料館教授・総合研究大学院大学教授（併任）。専攻、日本近世文学、特に和歌史・学芸史。著書に『近世和歌史の研究』（角川学芸出版、2013年）、編著書（共編）に『和歌史の中世から近世へ』（花鳥社、2020年）、論文に「近世歌合の諸問題」（安井重雄編『歌合の本質と展開』所収、法蔵館、2024年）などがある。

【お問い合わせ】
本書の内容に関するお問い合わせは
弊社お問い合わせフォームをご利用ください。
https://www.heibonsha.co.jp/contact/

ブックレット〈書物をひらく〉34
江戸の通信添削
——美濃加治田平井家のものがたり

2025年3月24日　初版第1刷発行

著者　神作研一
発行者　下中順平
発行所　株式会社平凡社
〒101-0051　東京都千代田区神田神保町3-29
電話　03-3230-6573（営業）
装丁　中山銀士
DTP　中山デザイン事務所（金子暁仁）
印刷　株式会社東京印書館
製本　大口製本印刷株式会社

ISBN978-4-582-36474-3

平凡社ホームページ https://www.heibonsha.co.jp/

刊行の辞

書物の世界へ／書物を世界へ——。

＊　＊

二〇一四年度から一〇年がかりで国文学研究資料館が取り組んだ文部科学省大規模学術フロンティア促進事業「日本語の歴史的典籍の国際共同研究ネットワーク構築計画」では、国内外の大学等と連携して古典籍三〇万点（三二〇〇万コマ）をデジタル画像化し、それを「国書データベース」で公開した。「誰でも／どこでも／無料で」アクセスできるこの大規模画像データベースの登場によって、日本文学の「研究方法」は劇的な変貌を遂げた。そしてその利用者は、日本文学の研究者コミュニティに留まらず、人文・社会科学や自然科学の研究者、あるいは古典を愛し文化に心を寄せる多くの市民の皆さまに利用されて、今に至る。

このブックレットは、その研究成果を発信するために企図され、二〇一六年に第一冊を出し都合三十一冊を刊行、伊勢物語や百人一首などの日本文学はもとより、オーロラや和算、博物学、水害対策等さまざまな領域に及ぶその内容は、〈書物をひらく〉というシリーズ名のとおり、たくさんの読者に迎えられた。

今度は二〇二四年度より一〇年の計画で、国文研は文部科学省大規模学術フロンティア促進事業「データ駆動による課題解決型人文学の創成～データ基盤の構築・活用による次世代型人文学研究の開拓～」（国文研DDHプロジェクト）に取り組んでいる。ブックレット〈書物をひらく〉では引き続き、この事業の多岐に亘る研究成果をお届けする。

＊　＊

人びとの感性・感情や知《インテリジェンス》は、すべて〈古典〉に詰まっている。過去をひらいて未来につなぐその「贈りもの」として、このブックレットで生み出される多様な書物たちが、手に取ってくださる皆さまをちょっぴり豊かに、何より幸せにいざなうことができたならと、切に願ってやまない。